Dorothy und Thomas Hoobler

Samurai Secrets

Der Rubin des Kriegers

W0252022

Dorothy und Thomas Hoobler sind preisgekrönte Verfasser von mehr als 50 Büchern für Kinder und Erwachsene. Mit ihrer Japan-Krimi-Reihe „Samurai Secrets“ haben sie die Herzen von Fans auf der ganzen Welt erobert. Die Reihe wurde unter anderem zweimal für den Edgar Allan Poe Award nominiert. Auf ihrem Blog seikeiworld.blogspot.com posten sie spannende Hintergrundinformationen zur Serie und Interessantes über die Kultur Japans. Die Hooblers leben in Manhattan.

Dorothy und Thomas Hoobler

侍 SAMURAI SECRETS

DER RUBIN DES KRIEGERS

Erster Band

Aus dem amerikanischen Englisch
von Yvonne Hergane

Ravensburger Buchverlag

Als Ravensburger Taschenbuch
Band 58478
erschienen 2015

FSC
www.fsc.org
MIX
Aus verantwortungs-
vollen Quellen
FSC® C114500

1 2 3 4 5 E D C B A

Ungekürzte Ausgabe
© 2006, 2015 der deutschen Fassung
Ravensburger Buchverlag
Otto Maier GmbH,
Postfach 1860, 88188 Ravensburg

Die amerikanische Originalausgabe erschien 1999
unter dem Titel „The Ghost in the Tokaido Inn",
bei Philomel Books, a division of
Penguin Putnam Books for Young Readers,
New York.
© 1999 by Dorothy und Thomas Hoobler

Die deutsche Erstausgabe erschien 2006
unter dem Titel „Der Rubin des Samurai".

Umschlaggestaltung: Martina Eisele unter Verwendung von
Fotos von depositphotos/oorka5 (Dimitar Marinov)
und Getty Images/Asia Images

Alle Rechte dieser Ausgabe vorbehalten durch
Ravensburger Buchverlag Otto Maier GmbH

Printed in Germany

ISBN 978-3-473-58478-9

www.ravensburger.de

Unserer Tochter Ellen

Inhalt

Vorwort

Nach unserer Zeitrechnung war es das Jahr 1735. Nach japanischer Zeitrechnung war es das sechsundzwanzigste Jahr der Herrschaft von Kaiser Nakamikado. Es war das Zeitalter der Samurai, der Kriegerkaste, deren Kodex besagte, dass jedes Tun von Loyalität, Mut und Ehre geprägt sein sollte.

Seit mehr als einem Jahrhundert lebte Japan bereits in Frieden. 1603 hatte Ieyasu Tokugawa seinen letzten Gegner im Kampf besiegt. Daraufhin ernannte der Kaiser Tokugawa zum Shogun, zum obersten militärischen Befehlshaber. Seither hatten seine Nachkommen, deren Herrschersitz der prächtige Palast in Edo war, diesen Titel inne.

Der Kaiser hingegen lebte in der Stadt Kyoto und widmete sich dort wichtigeren Pflichten. Jedes Jahr bat er seine Urahnin, die Sonnengöttin Amaterasu, das Land, das sie begründet hatte, auch weiterhin zu beschützen.

Der Kaisersitz Kyoto und die Shogun-Stadt Edo waren durch eine Straße verbunden, die als die damals weltweit meistbegangene Route bezeichnet werden kann – die Tokaido-Straße. Täglich setzten Tausende von Reisenden ihre Füße auf diese Straße aus Sand und Stein. Händler und Kunsthandwerker transportierten Seide und Tee, Töpferwaren und glänzende Lackholzschatullen auf dem Rücken von Maultieren – oft aber auch auf ihrem eigenen. Pilger waren auf dem Weg zu einem von Japans wichtigsten heiligen Schreinen, geleitet von der Hoffnung, der dort weilende Kami würde ihnen eine Segnung oder eine Gefälligkeit zuteilwerden lassen. Gelegentlich kamen auch Samurai auf ihren Pferden die Straße entlanggeritten. Der Shogun hatte den Gebrauch von Wagen und Kutschen untersagt, aus Sorge, die Räder könnten Spurrillen in den gekiesten Straßenbelag schneiden.

An jenem gewissen Tag begab es sich nun, dass ein Mann und seine Tochter am Straßenrand eine Rast einlegten. Ein Kago kam an ihnen vorbei, eine Sänfte, die von zwei stämmigen Männern mit Lendentuch getragen wurde. Darin saß ein Junge auf der Schwelle zum Mannsein, auf der Schwelle zur Verwirklichung seiner Träume …

* J wird wie »dsch« ausgesprochen, **z** wie »s«, **ch** wie »tsch« und **ei** wie ein langes »ä« mit einem schwachen i-Nachklang.

Auf der Tokaido-Straße

Seikei* hatte das Reisen satt. Vom Vor- und Zurückschlingern des Kago wurde ihm schwindlig und übel. Der Boden war zwar mit Seidenkissen gepolstert, aber durch die sommerliche Hitze war es im Inneren der Sänfte stickig und schwül. Der Junge schob die Bambustür auf und spähte nach draußen.

Ein Mädchen und ein älterer Mann saßen am Straßenrand unter einer Kiefer. Das Mädchen hatte die Sandalen ausgezogen und rieb sich die Füße. Plötzlich sah sie hoch und bemerkte Seikeis Blick. Ertappt zog er sich so schnell wie möglich in das Innere des Kago zurück.

Er wünschte, das Mädchen hätte ihn nicht gesehen. Er schämte sich dafür, dass er sich wie eine Kostbarkeit in einer Sänfte tragen ließ. Lieber wäre er zu Fuß gegangen. Er wollte etwas von der Landschaft sehen, den Anblick der Berge und des Meeres genießen. Aber sein Vater hatte es verboten.

Seikeis Vater war ein Teehändler aus Osaka, der drittgrößten Stadt Japans. Er war unterwegs nach Edo, um dort eine neue Niederlassung seines erfolgreichen Unternehmens zu eröffnen, und er hatte Seikei, seinen ältesten Sohn, mitgenommen, damit dieser in die Geschäfte eingeweiht wurde. Es sei wichtig, einen guten Eindruck zu machen, hatte Seikeis Vater gesagt. Sie durften Edo auf keinen Fall zu Fuß betreten, als wären sie einfache Tagelöhner auf Arbeitssuche.

Seikei seufzte bei dem Gedanken an diese Worte und nahm den Abakus in die Hand, den sein Vater ihm geschenkt hatte. Er bestand aus einem Rahmen, in dem Schnüre gespannt waren, auf die man Holzperlen gefädelt hatte. Mit etwas Erfahrung konnte man damit alles berechnen, was im Geschäft so anfiel – Preise, Gewinne und Lagerbestände.

Seikei hasste den Abakus. Viel lieber als Preise zu berechnen, schrieb er Gedichte. In der Schule hatte er mit einem seiner Haikus einen Preis gewonnen. Aber statt stolz auf ihn zu sein, hatte sein Vater lediglich gesagt: »Nur Samurai schreiben Haikus.«

Seikei wusste, was das bedeutete. Er würde nie ein Samurai sein. Ein Samurai wurde man nur, wenn man einer Samurai-Familie angehörte.

Obwohl Seikeis Vater wohlhabend war, ein großes Haus besaß und in einer Sänfte reiste, würde er nie auf gleicher Stufe mit einem Samurai stehen. Und seine Kinder und Kindeskinder auch nicht. Ob reich oder arm, sie würden immer Händler bleiben, lebenslang. Und daher war es für Seikei wichtiger, den Umgang mit einem Abakus zu lernen, als Haikus zu dichten.

Seikeis Gedanken wanderten wieder zu dem Mädchen zurück. Er gab sich Mühe, sich auf den Abakus zu konzentrieren, aber in seinem Kopf nahm unwillkürlich ein Haiku Gestalt an:

Mädchenfüße wund.
Ein Händler sitzt im Kago.
Wie beschämend faul!

Stunden später blieben die Träger endlich stehen. Nachdem sie ihre Last auf dem Boden abgesetzt hatten, öffnete Seikei die Tür und trat hinaus. Es tat gut, die Beine auszustrecken, aber als er sich umsah, wurde ihm klar, dass die Reise noch lange nicht zu Ende war.

Sie hatten einen Kontrollpunkt erreicht, wie es sie auf der Straße immer wieder gab. Die Beamten des Shoguns hielten alle Ankommenden an, um sie nach dem Grund ihrer Reise zu befragen. Und der Halt würde sicher lange dauern, denn die Straße war überfüllt mit Menschen, die darauf warteten, von den Beamten kontrolliert zu werden.

Dutzende von Pilgern waren unterwegs nach Ise, zu Japans heiligstem Schrein. Unentwegt murmelten sie Gebete und blickten dabei kaum auf. Die Mönche und Nonnen, die vorangingen, trugen orangefarbene Kutten und waren über Perlenschnüre gebeugt, die ihnen um den Hals hingen. Zwei Bettler schoben sich durch die Menge und streckten ihre leeren Schalen den Reisenden entgegen.

Sofort erregte der große Kago, in dem Seikeis Vater saß, die Aufmerksamkeit der beiden Bettler. Seikei sah, wie die Tür aufglitt und die Hand seines Vaters einige Münzen in die Schalen klimpern ließ. Seikeis Vater glaubte fest daran, dass Bessergestellte den Bedürftigen etwas abgeben mussten. Er brachte wie die meisten Japaner sowohl in buddhistischen Tempeln als auch in den Schreinen des älteren Shinto-Glaubens regelmäßig Opfer dar. »In allen Religionen steckt Wahrheit«, hatte Seikeis Vater einmal zu ihm gesagt. »Wir müssen alles tun, um keinen Gott zu beleidigen. Vor allem wir, die wir durch Wohlstand privilegiert sind.«

Seikei blickte zum Himmel. Gewitterwolken waren vom Ozean her aufgezogen, bald würde es Regen geben. Er hoffte nur, sie würden den Kontrollpunkt vorher noch passieren, denn der Regen würde die Straße in eine Schlammbahn verwandeln und die Reise nur noch weiter in die Länge ziehen.

Plötzlich war hinter ihm Hufgetrappel zu hören. Seikei drehte sich um und erblickte mehrere Reiter, die farbenfrohe Banner mit dem Mon, dem Wappen einer Samurai-Familie, in den Händen hielten. »Aus dem Weg!«, riefen sie. Seikei fiel auf die Knie und senkte die Stirn bis zum Boden. Die Pilger vor dem Kontrollpunkt eilten zum Straßenrand und folgten seinem Beispiel. Es galt als unklug, einem Samurai den nötigen Respekt zu verweigern.

Während die Pferde an ihm vorbeistürmten, hob Seikei ganz vorsichtig den Blick. Insgesamt waren es ungefähr zwanzig Reiter und alle trugen die zwei Schwerter, die sie als Samurai auswiesen. Aber einer von ihnen war eindeutig der Daimyo, der Fürst, der alle anderen befehligte. Er trug eine rote Lederrüstung und ein Hachimaki, ein Stirnband mit dem Wappen seiner Familie: einem Fisch in einem roten Viereck. Aus irgendeinem Grund glitten Seikeis Augen zur mächtigen rechten Hand des Mannes, die die Zügel hielt. An zwei Fingern prangten üppige Goldringe.

Auf das Gesicht des Mannes erhaschte Seikei nur einen flüchtigen Blick, aber der reichte aus, um die stechenden Augen zu sehen und den Mund, der sich aus Zorn über die Verzögerung grimmig verzog. Seikei erschauerte.

Und dann sah er aus den Augenwinkeln, wie sich einer der Bettler auf einmal aufrichtete und seine Schale nach vorn reckte. »Ein mächtiger Mann ist großzügig!«, rief er.

Seikei war so gebannt, dass er seinen Blick nicht abwenden konnte. Er sah, wie der Daimyo kurz die Zügel zur Seite ruckte. Ohne aus dem Tritt zu kommen, stürmte das Pferd nun plötzlich auf den Bettler zu. In wenigen Augenblicken würde der Mann unter den Hufen zermalmt werden.

Und dann geschah etwas Merkwürdiges. Seikei traute seinen Augen kaum, als der Bettler plötzlich einen Rückwärtssalto vollführte, und zwar genauso flink wie die Akrobaten, die Seikei einmal in Osaka gesehen hatte. Das Pferd des Samurai trampelte über die Stelle hinweg, an der noch eine Sekunde zuvor der Bettler gekniet hatte.

Der Daimyo setzte seinen Weg fort, als hätte er von alldem gar nichts mitbekommen. Aber zwei seiner Gefolgsleute legten die Hand an ihre Schwerter. Seikei hielt den Atem an. Er wusste, wie der Ehrenkodex lautete: Wenn ein Samurai das Schwert zog, war er dazu verpflichtet, es auch zu benutzen. Die rasiermesserscharfen Klingen, von den höchst angesehenen Handwerkern Japans geschmiedet, konnten einen Mann so leicht enthaupten, als würden sie bloß eine Melone in zwei Hälften schneiden. Seikei hatte davon gehört, dass das selbst in Osaka schon geschehen war.

Doch als die Samurai sahen, dass ihr Herr sich nicht länger aufhielt und der Bettler offenbar keine Gefahr darstellte, ließen sie ihre Schwerter stecken, drückten ihren Pferden die Fersen in die Flanken und ritten vorbei. Der Bettler, der auf seinen Unterschenkeln kauerte, warf ihnen einen tödlichen Blick zu. Seikei sah, wie sich sein Gesicht, das auf der rechten Seite von einer langen Narbe verunstaltet war, zu einer Maske des Hasses verzerrte. Er war froh, dass die Samurai diesen Blick nicht gesehen hatten. Der Bettler musste verrückt sein!

Kurz darauf kroch Seikei in den Kago zurück und erzählte seinem Vater, was er mit angesehen hatte.

»Auf der Straße treiben sich eben alle möglichen Leute herum«, sagte sein Vater. »Diebe, Schwindler, manchmal sogar Kirishitan.«

Kirishitan? Schon vor über einem Jahrhundert hatte der Shogun diese fremde Religion mit einem Bann belegt und alle Japaner, die ihr angehörten, hinrichten lassen. Seikei hatte noch nie einen Kirishitan gesehen, aber Gerüchten zufolge gab es immer noch einige, die ihren Glauben im Geheimen ausübten.

»Da siehst du wieder«, fuhr Seikeis Vater fort, »wie glücklich wir uns schätzen können, bequem und sicher in einem Kago zu reisen.«

»Ein Samurai zu sein wäre trotzdem noch viel besser«, erwiderte Seikei. »Vor einem Samurai tritt jeder beiseite und verbeugt sich und ... in der Schlacht darf man die zwei Schwerter tragen.«

»In der Schlacht?«, schnaubte sein Vater. »Schlachten hat es doch seit Ieyasu, dem ersten Tokugawa-Shogun, schon nicht mehr gegeben. Die Samurai setzen ihre Schwerter nur gegen dreiste Störenfriede ein, die ihren Platz im Leben nicht kennen.« Er wedelte mit dem Zeigefinger vor Seikeis Gesicht herum. »Wie etwa die Söhne von Händlern, die ihren Geist mit Gedanken an Gedichte ablenken.«

Seikei senkte den Kopf. Sein Vater kannte ihn eben nur zu gut. Und wahrscheinlich hatte er ja Recht mit allem. Aber dennoch ... Seikei hielt an seinen Träumen fest.

Die Herberge

Viele Stunden, nachdem Seikei und sein Vater den Kontrollpunkt passiert hatten, erreichten sie endlich die Stadt Kameyama, in der sie die Nacht verbringen wollten. Hier gab es viele Herbergen, und vor jeder standen schöne Mädchen, die die Vorbeikommenden hereinzulocken versuchten. »Das beste Essen von ganz Kameyama!«, riefen manche. »Wir haben viele Diener für all Eure Bedürfnisse!«, riefen andere. Zwei Mädchen sahen, wie Seikei aus dem Kago spähte, lächelten ihn an und winkten ihm zu, er möge anhalten. Als er die Tür hastig zuschob, hörte er, wie sie kicherten.

Seikei wusste, dass sie niemals in einer solchen Herberge einkehren würden. Sein Vater hatte schon lange vor Antritt der Reise alles genau geplant. Auf einer Karte hatte er die Städte und Herbergen eingezeichnet, in denen sie Rast machen wollten. Zuvor hatte er andere Händler nach ihren Erfahrungen mit den besten Gasthäusern gefragt.

Als die Träger die Sänfte schließlich absetzten, staunte Seikei nicht schlecht, als er sah, dass vor der

Herberge drei Samurai standen, die den Eingang bewachten. Sie trugen das Wappen des mächtigen Daimyo, den sie vor dem Kontrollpunkt gesehen hatten.

Seikeis Vater stieg aus dem Kago und verbeugte sich tief. Die Samurai nahmen ihn jedoch gar nicht zur Kenntnis. Das Tor der Herberge ging auf und ein Mann in einem schlichten blauen Kimono trat heraus.

»Konichiwa!«, begrüßte er seine Gäste mit einer Verbeugung.

»Konoike Toda«, stellte sich Seikeis Vater dem Besitzer der Herberge vor und nannte, wie es in Japan Tradition war, den Familiennamen zuerst. »Teehändler aus Osaka. In unserer Stadt wissen die Händler Gutes über Euer Haus zu berichten.«

»Das ehrt mich«, sagte der Gastwirt. »Wie Ihr seht, stehen hier Wachen. Wir beherbergen nämlich einen wichtigen Gast, einen Daimyo, Fürst Hakuseki. Ich fürchte daher, ich kann Euch nicht unsere besten Zimmer anbieten.« Er zuckte mit den Schultern. »Ich könnte Euch eine andere Herberge empfehlen, wenn Ihr möchtet.«

Seikeis Vater ging ein Stück näher an den Mann heran und raunte ihm etwas ins Ohr, was Seikei nicht verstand. Der Gastwirt verbeugte sich lächelnd, machte eine kurze Handbewegung, und sofort erschienen auf der Schwelle zwei Frauen, die das Reisegepäck aus der Sänfte hoben. Seikei und sein Vater schlüpften an der Tür aus ihren Sandalen und folgten den Frauen ins Haus.

Das Zimmer, das sie bekamen, war ziemlich groß und sauber. Der Fußboden bot Platz für mindestens vier Tatami, dabei würden sie ja nur zwei Schlafmatten benötigen.

»Was hast du denn eben zu dem Wirt gesagt?«, fragte Seikei.

»Ich habe ihm als Dank eine große Geldsumme versprochen«, antwortete sein Vater. »Wenn man den Weg der Höflichkeit geht, lässt sich Bequemlichkeit immer einrichten.«

Seikei verstand. Für seinen Vater bedeutete der Weg der Höflichkeit, genug Geld zu bieten, um zu bekommen, was er wollte. Wie anders ging da ein Samurai vor – er hätte eher unter freiem Himmel geschlafen, als einem habgierigen Wirt einen Aufpreis zu zahlen.

Wenig später begaben sich Seikei und sein Vater in das Badehaus, das der Herberge angeschlossen war, und tauchten in den hölzernen Badezubern unter. Das warme Wasser tat Seikeis Hintern gut, der nach dem langen Durchgerütteltwerden im Kago immer noch wehtat.

Als sie zurück in ihr Zimmer kamen, warteten bereits zwei Frauen mit einem Tablett voll Fisch, Reis und Tee auf sie. Das Essen – und besonders der Tee – war leider nicht von der allerbesten Qualität. Seikeis Vater seufzte ein paarmal hörbar auf, sagte aber nichts, und auch Seikei aß alles ohne ein Wort. Er wäre nach der Mahlzeit gern nach draußen gegangen, um sich die Stadt anzusehen, wusste aber, dass es kaum Sinn hatte, jetzt einen Spaziergang vorzuschlagen. Sein Vater hatte nämlich bereits den Obi um seine Taille gelockert und gähnte ausgiebig.

Hinter der Trennwand, die dem Zimmer als Schiebetür diente, ertönte auf einmal eine Stimme. Der Gastwirt. Seikeis Vater bat ihn einzutreten.

»Ich hoffe, das Mahl war zu Eurer Zufriedenheit.«

»Es war gerade so angemessen«, erwiderte Seikeis Vater und Seikei musste ein Lächeln unterdrücken. Er wusste, dass sein Vater insgeheim fürchtete, der Wirt würde noch mehr Geld verlangen. »Nun sind wir müde und möchten uns bald zur Nachtruhe begeben.«

»Habe ich Euch vorhin richtig verstanden – Ihr seid Teehändler?«, fragte der Wirt.

Seikeis Vater nickte.

»Mein ehrenwerter Gast, Fürst Hakuseki, hat den Wunsch nach gutem Tee geäußert. Der Tee unseres Hauses bietet nicht die Qualität, die er gewohnt ist.«

Zu Seikeis Überraschung erwiderte sein Vater: »Ich bin sicher, er würde meinen Tee auch gewöhnlich finden. Er ist eines Daimyo nicht wert.«

Der Gastwirt zögerte. »Ich würde Fürst Hakuseki ungern sagen, dass Ihr abgelehnt habt. Es könnte ihm unhöflich erscheinen.«

Seikeis Vater breitete die Arme aus. »In diesem Fall werde ich ihn natürlich einen Blick auf meine Auswahl werfen lassen. Mein Sohn wird sie mir aus dem Kago bringen. Wenn Ihr uns bitte alleinlassen würdet, damit ich ihn unterweisen kann …«

Nachdem der Wirt gegangen war, sprudelte es aus Seikei heraus: »Vater, das ist ja eine wunderbare Gelegenheit!«

Sein Vater lächelte gequält. »Du wirst anders darüber denken, wenn du mehr Erfahrung hast. Daimyo sind äußerst schlechte Kunden. Sie erwarten, dass man ihnen alles zu extrem niedrigen Preisen verkauft – das heißt, wenn sie einen nicht ohnehin zwingen, ihnen die Waren umsonst zu überlassen.«

Dann erklärte er Seikei, welche Teesorten er aus der Sänfte bringen sollte. »Die Schachtel mit dem Schwarztee aus Nagano, dazu die mit dem kleinblättrigen schwarzen Tee aus Tauyama. Und zuletzt eine kleine Portion von dem Grüntee, den der Bauer bei Himeji uns immer schickt.«

»Aber du hast doch viel besseren Tee dabei«, wandte Seikei ein. »Was ist zum Beispiel mit ...«

»Ich habe es nicht nötig, mir von dir etwas über Tee sagen zu lassen«, unterbrach ihn sein Vater. »Der Daimyo wird den Unterschied ohnehin nicht herausschmecken. Und jetzt geh!«

Seikei ging zur Rückseite der Herberge, wo die Kagos zuvor abgestellt worden waren. Eigentlich hätten die Träger bei ihnen bleiben und sie bewachen sollen, aber sie waren nirgendwo zu sehen. Vermutlich waren sie in eine der nahe gelegenen Tavernen gegangen, aus denen Musik und Stimmen auf die Straße drangen.

Als Seikei mit dem Tee zurückkam, hatte sich sein Vater bereits einen anderen Kimono angezogen. Er vergewisserte sich, dass Seikei die richtigen Teesorten mitgebracht hatte. Was er dann sagte, ließ Seikeis Herz schneller schlagen: »Möchtest du mit zum Daimyo kommen?«

Seikei strahlte. Nie hätte er gewagt, selbst danach zu fragen.

»Dann kannst du einmal mit eigenen Augen sehen, wie Daimyo wirklich sind. Das vertreibt hoffentlich endlich diese Samurai-Ideen aus deinem Kopf«, sagte sein Vater.

In Windeseile zog Seikei seinen Reisekimono aus und schlüpfte in den, den ihm seine Mutter für geschäftliche Treffen mitgegeben hatte.

Der Gastwirt nickte zufrieden, als er die beiden erblickte. Er begleitete sie zu Fürst Hakusekis Räumlichkeiten und bedeutete ihnen, sich hinzuknien, bevor er anklopfte. Als die Tür aufgeschoben wurde, senkten sie demütig den Kopf und robbten auf Knien in den Raum.

»Aha, das ist also der Teehändler?«, ertönte eine laute Stimme. »Du darfst mich nun ansehen.«

Seikei hob den Blick. Fürst Hakuseki saß im Schneidersitz auf einem Podest mitten im Zimmer. Seine zwei Schwerter lagen neben ihm. Er war der Daimyo, der am Nachmittag beim Kontrollpunkt an ihnen vorbeigeritten war. Seikei erkannte sogar die beiden goldenen Ringe an seinen Fingern. Diesmal trug der Fürst einen prächtigen roten Seidenkimono mit dem aufgestickten Fischwappen. Vier junge Samurai standen entlang den Wänden und zu Füßen des Daimyo kauerten drei Dienerinnen.

Fürst Hakuseki stieß eine von ihnen mit dem Fuß an. »Bring mir ihren Tee.« Die Frau eilte sogleich, die drei Schatullen heranzuholen, und Seikeis Vater begann, die Vorzüge der einzelnen Teesorten zu erläutern.

Der Daimyo deutete verärgert mit dem Finger auf ihn. »Wenn der Mann noch einmal ungefragt spricht, schneide ihm die Zunge ab«, befahl er einer seiner Wachen.

Seikeis Vater senkte ehrfürchtig den Kopf und stützte sich auf Hände und Knie.

Fürst Hakuseki schnüffelte an jeder Schatulle. Dann leckte er sich den Finger ab, stieß ihn in eine der Teepackungen und steckte sich die Teeblättchen, die daran kleben geblieben waren, in den Mund. Seikei war froh, dass sein Vater nicht sehen konnte, auf welch rüde Art der Daimyo seine Ware prüfte.

Aber der Fürst schien zufrieden zu sein. Er reichte die Schatulle einer seiner Dienerinnen. »Mach daraus Tee«, befahl er ihr.

Als die Frau das Zimmer verließ, bemerkte Fürst Hakuseki Seikeis staunenden Blick. Sofort schaute Seikei beschämt zu Boden, aber der Daimyo fuhr ihn an: »He, Junge! Du, komm her!«

Seikei gehorchte und robbte auf den Knien vorwärts. Der Daimyo packte ihn bei den Haaren und zerrte seinen Kopf hoch. »Was meinst du, wie viel soll ich deinem Herrn für den Tee bezahlen?«

Seikei suchte verzweifelt nach einer passenden Antwort. Als er schließlich sprach, klang seine Stimme ungewöhnlich schrill. »Was immer Ihr für angemessen haltet, Herr.«

Der Mann löste grummelnd seinen Griff. »Bleib hier«, befahl er. »Ich muss erst mal sehen, wie der Tee schmeckt.«

Dann wandte er sich an den Gastwirt. »Schick den Händler weg. Ich will ihn nicht mehr sehen. Und wolltest du mir nicht längst Papier bringen?«

»Sofort, Herr.« Der Wirt und Seikeis Vater entfernten sich rückwärts aus dem Raum. Seikeis Vater warf seinem Sohn noch einen raschen Blick zu, aber Seikei hätte die Warnung nicht gebraucht. Er kroch langsam zu einer Wand und hoffte, der Daimyo würde ihn nicht weiter befragen.

Es vergingen nur wenige Augenblicke, da ging die Tür wieder auf. Der Gastwirt trat herein, von einem Mädchen gefolgt, das eine Schatulle trug. Seikei blinzelte. Es war das Mädchen, das er aus dem Kago heraus mit wunden Füßen am Straßenrand hatte sitzen sehen.

Wie wunderschön sie ist, dachte Seikei. Während sie vor dem Daimyo kniete, konnte Seikei ihren langen, anmutig geschwungenen Nacken sehen. Ein schlichter, polierter brauner Stab hielt ihre schwarzen Haare zusammen.

Fürst Hakuseki befahl ihr, sich aufzurichten. Sie hatte ein herzförmiges Gesicht und Augen, die wie

Kieselsteine auf dem Grund eines Baches glänzten. *Sie hat bestimmt genauso viel Angst wie ich*, dachte Seikei, *aber sie zeigt es nicht*.

Der Daimyo sah sie belustigt an. »Du bist also der Papiermacher?«

»Meine Familie stellt seit Generationen Papier her«, erklärte das Mädchen. »Ich bin mit meinem Vater in geschäftlichen Angelegenheiten unterwegs nach Edo, aber er ist krank und musste sich hinlegen.«

Fürst Hakuseki runzelte die Stirn. »Ich brauche Papier, das fein genug ist, dass ich darauf eine Nachricht an den Shogun verfassen kann«, sagte er. »Verstehst du? An den Shogun persönlich. Ich werde ihm ein Geschenk überbringen und ich möchte ein passendes Gedicht beifügen.«

Das Mädchen nickte stumm. Dann holte sie mehrere Blatt Papier aus ihrer Schatulle und breitete sie vor dem Daimyo auf dem Podest aus. Alle Blätter unterschieden sich voneinander. Die meisten waren weiß, doch ihre Beschaffenheit reichte von samtweich bis zu einer Stärke von Kiefernrinde. Ein paar Blätter waren allerdings auch zart eingefärbt. Der Daimyo nahm eines davon in die Hand. Es war rosa, frisch wie der erste Lichtschein der Morgenröte.

»Ungewöhnlich«, sagte der Fürst und rieb das Papier zwischen den Fingern. Seikei sah, wie das Mädchen die Fäuste ballte und sie dann hinter dem Rücken verbarg. Vermutlich empfand sie gerade dasselbe wie Seikei, als der Fürst den Tee gekostet hatte.

»Tusche!«, rief der Daimyo. Eine der Dienerinnen kauerte sich auf den Boden und rieb eine Tuschstange über einem steinernen Mörser. Dann tröpfelte sie etwas Wasser in den Mörser und vermischte es mit dem farbigen Pulver.

Eine zweite Dienerin brachte dem Fürsten einen Schreibpinsel. Der Daimyo nahm die Kappe ab und tauchte den Pinsel in die Tinte. Ohne sich damit aufzuhalten, die Farbschattierung auf einem Tuch auszuprobieren, tupfte er den Pinsel grob aufs Papier. *Er schreibt zu langsam*, dachte Seikei. Meister der Schreibkunst vollführten immer zügige, selbstsichere Pinselstriche.

Auch das Mädchen beobachtete aufmerksam den Fürsten. Seikei sah, wie sie in stummer Verachtung den Mund unmerklich verzog.

Schließlich hielt der Daimyo inne und bewunderte sein Werk. Dann zeigte er dem Mädchen das Blatt. »Hast du schon mal das Gedicht eines Meisters zu Gesicht bekommen?«, fragte er.

Seikei sah, wie sie zögerte. Doch schließlich nickte sie. »Basho hat seine Lyrik auf Papier verfasst, das von meinen Urgroßeltern hergestellt wurde. Wir haben eines seiner Gedichte zu Hause. Er hat es uns geschenkt.«

Basho! Japans größter Dichter! Seikeis Augen weiteten sich vor Begeisterung.

Fürst Hakuseki hingegen grunzte nur. »Und wie würdest du mein Werk im Vergleich dazu beurteilen?«

Das Mädchen kniff die Lippen zu einem Strich zusammen. Es war der einzige Hinweis darauf, welch große Mühe sie hatte, sich zu beherrschen. »Es ist anders, Fürst. Euer Gedicht entspricht Eurem Charakter, so wie es bei Meistern immer sein sollte.«

Seikei hielt sich die Hand vor den Mund, um sein Lächeln zu verbergen. Ein japanisches Sprichwort besagte nämlich: »Ein Mann und seine Schreibkunst sind eins.« Und selbst von seinem Platz aus konnte Seikei erkennen, dass das Werk des Daimyo grob und unbeholfen war.

Aber der Fürst schien von der Antwort des Mädchens geschmeichelt zu sein. »Möchtest du, dass ich es dir vorlese?«, bot er an.

Das Mädchen funkelte ihn überrascht an, dann senkte sie schnell den Blick und nickte.

»Die Blüten der Kirschbäume bedecken den Boden«, las er. »Genau wie die Köpfe meiner Feinde.«

Das Mädchen murmelte etwas, was nach Bewunderung klang.

»Ist mir eben eingefallen«, sagte Fürst Hakuseki. »Ich glaube, du hast mich inspiriert.«

Das Mädchen kauerte regungslos auf den Fersen.

»Du bist nämlich auch eine kleine Kirschblüte«, fügte der Daimyo hinzu. Er sah in die Runde und seine Samurai lachten.

Das Mädchen rührte sich immer noch nicht. Sie tat Seikei leid, aber gleichzeitig bewunderte er sie für ihre Selbstbeherrschung.

Der Daimyo beugte sich vor. »Möchtest du etwas noch Schöneres sehen?«, fragte er.

Sie nickte. Im Gegensatz zum Fürsten konnte Seikei förmlich spüren, wie unangenehm ihr das Ganze war.

Fürst Hakuseki winkte nach einem seiner Samurai, der ihm eine kleine Schatulle mit Klappdeckel brachte. Seikei staunte über die Schönheit der glänzend schwarzen Lackholzschachtel, die mit winzigen Goldplättchen verziert war.

Der Daimyo schlug den Deckel auf und hielt dem Mädchen die Schatulle hin. Auf einem schwarzseidenen Kissen prangte ein riesiger roter Stein, so dunkelrot wie Blut.

»Was hältst du davon?«, fragte der Daimyo.

Sie schüttelte den Kopf. »So etwas habe ich noch nie gesehen.«

»Natürlich hast du so etwas noch nie gesehen«, sagte der Fürst. »Es stammt von ganz weit her, von einem Ort noch ferner als China. Es ist ein Rubin. Ich bringe ihn nach Edo, als Geschenk an den Shogun.«

Das Mädchen schwieg und Fürst Hakuseki ließ plötzlich den Deckel wieder zuschnappen. »Jetzt zum Papier. Wie viel Blatt hast du davon?«

Sie blinzelte. »Von diesem hier?«

»Von dem rosafarbenen«, entgegnete der Daimyo ungehalten. »Das gefällt mir. Wie viel hast du davon?«

»Meine Mutter färbt es mit Beeren, die sie im Herbst in den Bergen sammelt«, erklärte das Mädchen. »Sie sind schwer zu finden.«

Fürst Hakuseki wedelte ungeduldig mit der Hand. »Das interessiert mich nicht. Also, wie viel Blatt?«

»Zwanzig«, antwortete das Mädchen.

Der Daimyo machte einen Beutel auf, der an seinem Gürtel hing, holte zwei Münzen heraus und reichte sie dem Mädchen. Seikei sah für einen Moment das Gold aufblitzen, bevor das Mädchen die Faust schloss. »Ihr seid sehr großzügig, Herr«, sagte sie.

Fürst Hakuseki zeigte auf einen seiner Samurai. »Geh mit ihr und hol das Papier.« Das Mädchen schob sich, sichtlich erleichtert, rückwärts aus dem Zimmer.

Nachdem sie weg war, kam die Dienerin mit einer Teekanne herein. *Richtig*, dachte Seikei, *die Teeprobe*. Sein Magen verkrampfte sich. Er sah zu, wie die Frau dem Daimyo eine Schale eingoss.

Aber anstatt die Schale zu nehmen, bewunderte Fürst Hakuseki immer noch das rosafarbene Blatt mit seinem Gedicht darauf. Schließlich sah er nach unten, als würde er jetzt erst den dampfenden Tee bemerken. Er hob die Schale an die Lippen.

Seikei hielt den Atem an.

Aber der Fürst zeigte keinerlei Regung. Er stellte die Schale wieder ab und widmete sich weiter seinem Werk. Seikei sah sich um und begegnete dem Blick eines der Samurai. Der Mann schüttelte unmerklich den Kopf. Seikei wartete.

Irgendwann schaute der Daimyo endlich auf, und sein Blick fiel auf Seikei, der immer noch wie gelähmt an der Wand kniete. »Was willst du noch hier?«

Seikei versuchte, den Kopf so demütig zu senken, wie er es bei dem Mädchen gesehen hatte. »Der Tee, Herr«, murmelte er.

»Ach ja.« Der Daimyo wedelte mit einer Hand zu einer seiner Wachen hin. »Gib ihm ein paar Münzen.«

Der Samurai suchte in seinem Kimono nach einigen Silbermünzen und reichte sie ihm. Bestürzt verbeugte sich Seikei noch einmal tief und schob sich dann aus dem Zimmer.

Geister

Seikeis Vater war nicht so enttäuscht, wie Seikei gedacht hatte. »Das war zu erwarten«, sagte er. »Es ist doch gar nicht so übel. Wenigstens hat er dich bezahlt und wir haben ihm nicht unseren besten Tee überlassen. Und jetzt wollen wir schlafen gehen.«

»Vater, ich kann aber noch nicht schlafen. Ich bin noch zu wach.«

»Denk daran, morgen steht uns wieder ein langer Reisetag bevor.«

»Ich kann ja im Kago schlafen.«

»Tja, ich kann das nicht. Deswegen muss ich mich jetzt hinlegen.«

»Die Herberge hat auf der Rückseite eine Terrasse«, sagte Seikei. »Darf ich dorthin und in die Landschaft hinausschauen, bis ich müde werde?«

Sein Vater zuckte mit den Schultern. »Wenn du unbedingt willst. Aber geh nicht aus dem Haus. Auf den Straßen dieser Stadt ist es nachts sehr gefährlich.«

Seikei verabschiedete sich mit dem Versprechen, nicht lange wegzubleiben.

Als er aus der Tür trat, stellte er fest, dass es zu nieseln begonnen hatte. Der Steinboden der Terrasse war zwar mit Matten bedeckt, dennoch kroch ihm die Kälte durch seine Baumwollsocken bis in die Knochen.

Er ging zum Geländer und sah auf einen kleinen Teich hinaus. Der Mond lag hinter dichten Regenwolken, nur ein schwacher Schimmer fiel aufs Wasser. Seikei machte der Regen auf seiner Haut nichts aus. Im Gegenteil, nach dem Erlebnis beim Daimyo fühlte er sich immer noch ganz fiebrig erhitzt. Allein schon in der Nähe des Fürsten zu sein hatte ihm Angst gemacht.

Plötzlich vernahm er Schritte hinter sich. Er wirbelte herum. Vor ihm stand das Mädchen und lächelte.

»Tut mir leid«, sagte sie. »Hab ich dich erschreckt?«

»Nein«, winkte er hastig ab. »Ich ... ich habe nur nicht damit gerechnet, dass außer mir noch jemand hier sein könnte.«

»Soll ich wieder gehen?«

»Nein, bitte bleib!« Seikeis Herz klopfte. Das Mädchen kam ihm jetzt noch schöner vor als vorher.

»War dein Herr mit dem Papier zufrieden?«, fragte sie.

Seikei blinzelte verständnislos. »Wer?«

»Der Daimyo. Ich habe dich in seinem Zimmer gesehen.«

Jetzt war ihm alles klar. »Nein, nein. Ich war aus dem gleichen Grund dort wie du. Mein Vater ist Teehändler. Oh, bitte entschuldige. Mein Name ist Konoike Seikei.«

Das Mädchen verbeugte sich. »Ich heiße Michiko. Mein Familienname ist Ogawa.«

»Stimmt es, dass der große Dichter Basho mit eurer Familie persönlich bekannt war?«

Sie lächelte. Es galt als unhöflich, die Aussagen eines anderen in Zweifel zu ziehen.

»Ich frage nur«, fuhr Seikei fort, »weil ich das Werk von Basho sehr bewundere.«

Michiko legte sich eine Hand an den Mund, um ihr Lächeln zu verbergen. Seikei wusste, warum sie so belustigt war. Er war der Sohn eines Händlers und Händler interessierten sich nach allgemeiner Auffassung für nichts außer Geld.

Beschämt sah er weg. Sein Blick fiel auf den Teich und ein Gedicht von Basho kam ihm in den Sinn. Er holte einmal tief Luft und begann zu rezitieren:

Von Zeit zu Zeit zieh'n Wolken auf –
und bieten den Menschen damit Rast
vom Anblick des Mondes.

Das Mädchen klatschte in die Hände. »Genau an dieses Gedicht habe ich auch gedacht, bevor ich dich gesehen habe.«

Seikei drehte sich um und sah sie lächeln. Michiko wollte ihn nicht veralbern! Ohne zu überlegen, verriet er ihr seinen geheimsten Wunsch: »Ich wäre so gern ein Samurai wie Basho und würde mein Leben der Lyrik widmen.«

Michiko nickte. »Aber dafür musst du doch kein Samurai sein«, sagte sie. »Jeder kann Gedichte schreiben, wenn er möchte.«

»Mein Vater sagt, für Händler geziemt sich so was nicht. Nur Samurai können dichten und ein Samurai kann ich niemals werden.«

»Das sehe ich anders«, sagte Michiko. »Hast du das Gedicht gehört, das der Daimyo verfasst hat?«

»Ja.«

»Und hast du seine Handschrift gesehen?«

Seikei nickte.

»Dann weißt du auch, dass er kein edles Gemüt hat, obwohl er ein Samurai ist.«

Seikei war von Michikos Kühnheit überrascht. »Er war dir gegenüber sehr unhöflich«, sagte er. »Ich habe deinen Mut bewundert.«

»Du fandest mich mutig?« Sie zuckte mit den Schultern. »Ehrlich gesagt, habe ich die ganze Zeit nur daran gedacht, dass meine Familie auf den Verkauf des Papiers angewiesen ist.«

Seikei nickte wieder.

»Es stimmt, Basho war ein Samurai«, fuhr Michiko fort. »Aber er hat seine Schwerter abgelegt. Ist es nicht Bashos Geist, den wir in seiner Dichtung bewundern? Du magst vielleicht ein Händlerssohn sein, aber du kannst dennoch solch einen noblen Geist entwickeln – du kannst mutig, ehrlich und deiner Familie treu ergeben sein. Und was sollte dich dann davon abhalten, Gedichte zu schreiben?«

Darauf wusste Seikei keine Antwort. Ihn beschäftigte vielmehr, was sein Vater wohl dazu sagen würde.

Eine Weile starrten die beiden nur stumm aufs Wasser hinaus. Irgendwann drang Gelächter vom anderen Ufer des Teiches herüber.

»Das kommt von dem Mönchskloster«, erklärte Michiko. »Eine wandernde Kabuki-Truppe macht dort gerade halt. Ich wollte mir die Vorstellung ansehen, aber mein Vater war den ganzen Tag krank. Von einem Teil des Geldes, das der Daimyo mir gegeben hat, habe ich ihm vorhin noch Kräutertee für seinen Magen gekauft.«

»Ich habe noch nie ein Kabuki-Stück gesehen«, gestand Seikei. »Vater sagt, sie seien ungehörig.«

»Ich finde sie spannend. In manchen geht es um Geister und Kobolde, richtig gruselig.«

»Ich mag Geistergeschichten.« Seikei strahlte.

»Wirklich? Ich kenne eine, die Basho meiner Großmutter erzählt hat, als sie noch ein Kind war. Möchtest du sie hören?«

»Ja, sehr gern.«

»Na, dann will ich mal sehen, ob ich dir Angst einjagen kann«, neckte ihn Michiko. »Am besten setzen wir uns unters Dach, da sind wir vor dem Regen geschützt.«

Seikei hatte den Regen vollkommen vergessen. Es hätte ihm nichts ausgemacht, die ganze Nacht im Freien stehen zu bleiben, wenn er nur dem Mädchen zuhören konnte.

Sie kauerten sich in den Schutz des überstehenden Daches. Hier war es dunkler und Michikos Gesicht verschwand im Schatten. Seikei konnte nur noch ihre Stimme hören.

»Also …«, begann sie. »Es begab sich vor langer Zeit, dass ein buddhistischer Priester namens Kokushi allein durch die Berge wanderte. Als es langsam dunkel wurde, bemerkte er, dass er sich verlaufen hatte. Nach langem Umherirren gelangte er schließlich zu einer kleinen Hütte, von der Art, in der Einsiedler manchmal hausen, um über Buddhas Lehren zu meditieren.

Kokushi klopfte an und ein alter Mann öffnete ihm. Er trug das orangefarbene Gewand buddhistischer Mönche, aber es war schon abgetragen und an einigen Stellen bereits sehr dünn. Der Mönch weigerte sich, Kokushi über Nacht einzulassen, erzählte ihm aber, jenseits des Hügels gäbe es ein Dorf, dort würde Kokushi sicher etwas zu essen und auch ein Nachtlager finden.

Und es stimmte, Kokushi fand das Dorf. Doch so viel er auch klopfte, niemand machte ihm auf. Alle Häuser schienen unbewohnt zu sein. Schließlich entdeckte er ein Gebäude, in dem sich die Einwohner versammelt hatten. Viele von ihnen weinten und beteten.

Das Dorfoberhaupt war nämlich an jenem Tag gestorben. Sein Leichnam war in diesem Haus aufgebahrt, und alle hatten Opfergaben mitgebracht, die ihn in das Leben nach dem Tod begleiten sollten.

In dem Dorf gab es keinen Priester, und so bot Kokushi an, um der Seele des Verstorbenen willen die buddhistischen Rituale zu vollführen. Doch der Sohn des toten Dorfoberhaupts lehnte sein Angebot ab. In der Nacht nach einem Todesfall könne niemand im Dorf bleiben. ›In solch einer Nacht tragen sich merkwürdige Begebenheiten zu‹, gab er zu bedenken. ›Es wäre besser, wenn Ihr uns ins Nachbardorf begleiten würdet.‹

Kokushi aber entgegnete, er habe keine Angst. Er würde gern über der Leiche des toten Mannes wachen. Die Dorfbewohner versuchten, ihn zu überreden, mit ihnen zu kommen, aber er weigerte sich.

Am Ende gingen alle außer Kokushi, der mit dem Toten allein zurückblieb. Kokushi sprach die buddhistischen Gebete und blies alle Lampen außer einer neben dem Toten aus. Ruhig setzte er sich daneben und meditierte, in Erwartung der merkwürdigen Dinge, die sich wohl ereignen würden.

Die Stunden vergingen und irgendwann döste Kokushi ein. Doch plötzlich schreckte er aus seinem Schlaf auf. Jemand oder etwas hatte den Raum betreten! Nebel umhüllte den Leichnam und auf einmal erhob sich daraus das Gesicht eines furchterregenden Dämons. Es war ein gehörntes Untier mit riesigen Zähnen, die durch den Dunst aufblitzten. Und dann geschah etwas Schauerliches. Der Dämon krallte sich die Leiche mit seinen grauenhaften Klauen und begann sie zu verzehren.

Er verschlang seine Beute so schnell, wie eine Katze eine Maus frisst – Haare, Knochen und selbst das Leichentuch waren innerhalb kürzester Zeit verschwunden.

Und nachdem das Monster den Toten aufgefressen hatte, stürzte es sich auch auf die Opfergaben. Schließlich verschwand es wieder, so lautlos, wie es gekommen war.

Am Morgen kehrten die Dorfbewohner wieder zurück. Dass der Leichnam verschwunden war, schien sie nicht zu überraschen. Der Sohn des Toten sagte zu Kokushi: ›Jetzt wisst Ihr, warum es bei uns ungeschriebenes Gesetz ist, dass in der Nacht nach einem Todesfall niemand im Dorf bleiben darf. Aber Ihr seid heil und unverletzt. Ihr müsst ein Heiliger sein.‹

›Wieso lasst Ihr die Totenzeremonie für eure Verstorbenen nicht vom Mönch jenseits des Hügels abhalten?‹, fragte Kokushi.

Doch die Dorfbewohner blickten ihn nur verständnislos an. ›Da ist kein Mönch jenseits des Hügels. Seit vielen Jahren haben wir nun schon keinen Priester mehr. Sie sind alle geflohen, nachdem sie das erlebt hatten, was auch Ihr heute Nacht habt mit ansehen müssen.‹

Kokushi verabschiedete sich und nahm den gleichen Weg zurück, den er gekommen war. Er fand die kleine Hütte und klopfte erneut an. Der Mönch öffnete ihm, bedeckte sich die Augen und sagte: ›Ah! Ich schäme mich so!‹

›Ihr müsst euch nicht schämen, weil Ihr mir kein Nachtlager geboten habt‹, erwiderte Kokushi. ›Im Dorf wurde ich gut versorgt.‹

›Nein, ich schäme mich, weil Ihr mich in meiner wahren Gestalt gesehen habt‹, sagte der Mönch. ›Ich war es, der die Leiche und die Opfergaben verzehrt hat. Ich bin nämlich ein Jikininki – ich esse Menschenfleisch.‹

Einst sei er ein Priester gewesen, erzählte der Mönch weiter, der einzige im Umkreis von vielen Meilen. ›Die Menschen brachten mir ihre Toten, auf dass ich für sie bete. Aber ich war so gierig, dass ich ihre mitgebrachten Opfergaben aß. Und als ich selbst starb, wurde ich als Jikininki zurück auf die Erde gesandt.‹ Er ließ traurig den Kopf hängen. ›Und seitdem müssen alle Menschen vor meinem Anblick fliehen, sonst sterben sie.‹

›Aber ich habe Euch auch gesehen‹, wandte Kokushi ein, ›und lebe dennoch.‹

›Ihr müsst ein Heiliger sein‹, erwiderte der Jikininki. ›Ich flehe Euch an, betet für mich, auf dass ich aus diesem grauenhaften Dasein befreit werde.‹

Also begann Kokushi die entsprechenden buddhistischen Gebete zu sprechen und als er schließlich wieder aufschaute, war der Mönch verschwunden, genau wie die Hütte, in der er gehaust hatte.

Kokushi saß allein im Gras neben einem Grabstein, der ganz mit Moos bedeckt war. Es war ein Go-rin-ishi, ein Grabstein, der die Ruhestätte eines Priesters kennzeichnet.

Hast du die Geschichte schon mal gehört?«, fragte Michiko, als sie fertig war.

»Nein. Sie war sehr gut, aber Angst hat sie mir nicht gemacht.«

»Ich muss jetzt zu meinem Vater zurück«, sagte Michiko. »Vielleicht begegnen wir uns ja bald wieder, dann kannst du mir ein Gedicht vorlesen, das du geschrieben hast.«

»Versprochen.« Seikei sah zu, wie sie aufstand und in der Herberge verschwand. Wie anmutig sie sich bewegte!

Nachdem Michiko weg war, fegte plötzlich ein kühler Wind über die Terrasse. Seikei begann zu frösteln. Die Aufführung jenseits des Teiches war inzwischen zu Ende und alles lag still da. Seikei dachte an den Jikininki und stand auf. Es war ihm zu ruhig und zu dunkel geworden, und er hatte das Gefühl, als verstecke sich etwas in der Dunkelheit jenseits der Terrasse. Hier wollte er auf keinen Fall länger bleiben.

Die Stunde der Ratte

Seikei eilte zurück in sein Zimmer. Sein Vater schlief schon. Er zog seinen Kimono aus und legte sich auf die zweite Matte.

Aber er konnte nicht einschlafen. In der Herberge ging es noch laut zu und da die Zimmer nur durch Reispapierwände voneinander getrennt waren, konnte Seikei hören, wie sich Fürst Hakusekis Männer in anderen Zimmern auf dem Flur lautstark unterhielten. Sie tranken Reiswein und nahmen keinerlei Rücksicht auf den Schlaf der anderen Gäste.

Seikeis Vater schnarchte. Zumindest *sein* Schlummer wurde vom Lärm offenbar nicht beeinträchtigt. Seikei wusste, dass ihnen am folgenden Tag wieder lange, unbehagliche Stunden im Kago bevorstanden. Er seufzte und versuchte, den Krach zu verdrängen.

Doch plötzlich ließen ihn laute Schreie aufspringen. Er lauschte. Die Stimme kam vom anderen Ende des Flurs, war aber deutlich vernehmbar. Sie gehörte Fürst Hakuseki persönlich. Der Daimyo wies gerade einen Diener des Hauses zurecht, weil er ihm den Wein nicht schnell genug gebracht hatte. Eine Ohrfeige erschallte, begleitet von einem erstickten Schrei. Dann folgten schwere Schritte und ein dumpfer Aufprall. Der Diener war offenbar auf den Holzboden des Flurs geschleudert worden. Das Gelächter der Samurai hallte durchs Haus.

Es war genau, wie Michiko gesagt hatte – dieser Daimyo hatte kein edles Gemüt. *Da wäre ich als Samurai ganz anders*, dachte Seikei und rief sich die drei Hauptwesenszüge der japanischen Krieger in Erinnerung – Treue, rechtschaffenes Verhalten und Tapferkeit. Rechtschaffenes Verhalten bedeutete, dass man sich immer so verhielt, dass man anderen als Leitbild und strahlendes Beispiel dienen konnte. Fürst Hakuseki mochte vielleicht sehr mächtig sein, aber den Unterschied zwischen richtig und falsch kannte er nicht.

Der Lärm hörte noch lange nicht auf, wurde mit der Zeit aber immer weniger. Irgendwann hörte Seikei die langsamen Schritte der Samurai, die über den Flur zum Abort im Hof und wieder zurückgingen. Dann lag die Herberge endlich ruhig da.

Doch auch jetzt fand Seikei keinen Schlaf, sondern wälzte sich unruhig von einer Seite auf die andere. Wieso hatte er dem Mädchen bloß erzählt, er würde Geistergeschichten mögen? Jetzt bekam er das Bild des Jikininki einfach nicht mehr aus dem Kopf. Das schwache Zwielicht aus dem Flur schimmerte durch die Reispapierwände ins Zimmer. Die Wände waren mit einem ausgefeilten Schnörkelmuster verziert, und jedes Mal, wenn Seikei darauf schaute, kam es ihm vor, als starre ihn ein riesiges Augenpaar an.

In der Ferne schlug eine Tempelglocke ein Mal – das Zeichen, dass die erste Stunde nach Mitternacht begonnen hatte. Die Stunde der Ratte.

Seikei schloss die Augen, lautes Atmen drang an seine Ohren. Er wusste, dass das die Herbergsgäste auf der anderen Seite der Wand sein mussten, doch für ihn klang es so, als lauere eine ganze Bande Jikininki nur darauf, dass er einschlief, um ihn dann in Stücke zu reißen.

Plötzlich erstarrte er. Da war wieder ein Geräusch gewesen. Auf dem Flur schleifte etwas über den Boden. Seikei riss die Augen auf und sah, wie die Bambustür zu seinem Zimmer aufgeschoben wurde, langsam, ganz, ganz langsam.

Seikei standen die Haare zu Berge. Entsetzt sah er zu, wie die Tür weit aufging. Und da stand etwas auf der Schwelle – etwas, das größer war als ein Mensch. Das Licht auf dem Flur war zu düster, als dass Seikei mehr als einen Schatten hätte erkennen können. Aber er sah, dass das Wesen einen riesigen Kopf hatte – und zwei monströse, lange Hörner.

Seikei richtete sich so blitzartig auf wie eine Marionette, die an ihren Fäden hochgerissen wurde. Er fuchtelte wild mit den Armen. *Ich bin nicht tot!*, wollte er sagen, aber seine Kehle war vor Angst wie zugeschnürt. Ein jämmerliches Krächzen war alles, was er herausbrachte.

Der Schatten wandte sich ihm zu. Seikei sah, wie seine Augen im schwachen Licht aufblitzten. Das weiße Gesicht starrte zu ihm herab. Und dann hob das Wesen einen Arm. Seikei erblickte einen kleinen Gegenstand in seiner Hand, glutrot wie ein Auge aus Feuer. Das Wesen wedelte mit dem Gegenstand in Seikeis Richtung. *Es ist ein Geist, der mich mit einem Fluch belegt!*, schoss es Seikei durch den Kopf.

Doch dann wich der Schatten zurück und wenig später wurde die Tür von außen wieder zugeschoben. Seikei fühlte sich wie zu Stein erstarrt. Keinen Muskel konnte er rühren, aber sein Herz hämmerte so heftig, als würde es ihm gleich den Brustkorb sprengen.

Sein Gehör war nun so geschärft, dass er die Insekten hören konnte, die in den Zimmerecken umherschwirrten. Und dann vernahm er plötzlich das Geräusch einer Tür, die aufglitt. Der Geist musste ein weiteres Zimmer betreten haben.

Was nun? Seikei musste handeln. Am besten stand er jetzt auf und gab Alarm. Sonst wäre es seine Schuld, wenn das Ungeheuer einen der Schlafenden verzehrte. Vielleicht gar Michiko! Seikei ballte die Fäuste und dachte an den wichtigsten Wesenszug eines Samurai – Tapferkeit. Ja, er musste es tun.

Er zwang sich aufzustehen, doch seine Beine waren schwach und zittrig. *Achte nicht auf deine Schwäche*, versuchte er, sich Mut zu machen. *Beweg dich, ohne darüber nachzudenken*. Er machte einen Schritt auf die Tür zu.

Dort angekommen, musste er sich erneut ermahnen, nicht an die Gefahr zu denken. *Für einen Samurai hat der Tod keine Bedeutung*, sagte er sich. *Denn der Tod ist aller Menschen gemeinsames Schicksal, und es spielt keine Rolle, ob er heute oder morgen eintritt.*

Er schob die Tür auf und spähte hinaus in den Gang. Am anderen Ende, dort wo die Dunkelheit am tiefsten war, sah er den Schatten vorbeihuschen. Wieder verhinderte Seikeis Angst, dass er einen Ton herausbrachte. Vor Wut stampfte er mit dem Fuß auf.

In diesem Moment begann der Schatten plötzlich im Boden zu versinken. Seikei traute seinen Augen kaum. Stück für Stück verschwand der Geist nach unten, bis nur noch seine Hörner zu sehen waren.

Und dann war er auf einmal ganz weg, ohne eine Spur zu hinterlassen.

Seikei sah sich um. Der Flur lag menschenleer und still vor ihm, alle Türen waren geschlossen. Seikei schlich zu der Stelle, an der das Untier verschwunden war. Jenseits davon gab es einen Ausgang, aber Seikei war sicher, dass diese Tür nicht geöffnet worden war. Um sicherzugehen, schob er sie auf und spähte nach draußen. Der Regen hatte aufgehört und der Mond erleuchtete den Innenhof. Niemand war zu sehen.

Seikei ging zurück in sein Zimmer und schloss die Tür hinter sich. Er war nun ruhiger und sogar ein bisschen stolz auf sich, weil er mutig genug gewesen war, dem Geist zu folgen. Vielleicht hatte er ihn durch das Aufstampfen mit dem Fuß ja sogar verscheucht?

Er legte sich auf seine Schlafmatte und lauschte den Geräuschen der stillen Herberge. Wieder hörte er Männer schnarchen, aber jetzt hatte es nichts Beängstigendes mehr an sich. Seikei spürte, dass die Gefahr vorüber war. Doch was war das für ein Geist gewesen? Und warum war er in sein Zimmer gekommen?

Die ganze Nacht wirbelten dieselben Fragen in seinem Kopf herum. Erst als die ersten zwitschernden Spatzen die Morgendämmerung ankündigten, fiel er in einen unruhigen Schlaf. Aber der sollte nicht lange dauern.

Gefangen

Wütende Schreie und eilige Schritte weckten die Gäste der Herberge am frühen Morgen. Seikei hielt die Augen fest geschlossen in der Hoffnung, der Lärm würde gleich wieder verstummen. Doch dann klopfte jemand an den Bambusrahmen der Zimmertür. Seikei hörte, wie sein Vater aufstand, um nachzusehen, was los war.

Der Herbergswirt stand in der Tür. »Tut mir leid, Euch zu stören. Aber mein ehrenwerter Gast, Fürst Hakuseki, vermisst etwas aus seinem Zimmer.«

»Wir wissen nichts darüber«, sagte Seikeis Vater.

»Daran zweifle ich nicht«, erwiderte der Gastwirt. »Aber seine Männer haben die Herberge umstellt und erlauben niemandem, das Haus zu verlassen.«

»Dann sind wir jetzt also Gefangene?«, rief Seikeis Vater ärgerlich. »Ich befinde mich auf einer wichtigen Reise. Ich muss in drei Tagen in Edo sein!«

»Ich bedaure, aber die Angelegenheit entzieht sich meinem Einfluss«, entschuldigte sich der Wirt. »Wir müssen warten, bis der Richter kommt.«

»Dann lasst uns auf der Stelle Tee und etwas zu essen bringen«, sagte Seikeis Vater. »Oder sollen wir hier auch noch verhungern?«

»Ich kümmere mich persönlich darum, dass Euer Wunsch so schnell wie möglich erfüllt wird«, versprach der Herbergswirt.

Seikeis Vater schob die Tür zu und fuhr sich mit den Fingern durchs Haar – ein eindeutiges Zeichen dafür, dass er wütend war. »Bist du wach?«, fragte er seinen Sohn. »Hast du das gehört?«

»Ja, Vater«, murmelte Seikei müde. »Darf ich noch ein bisschen schlafen?«

»Nein. Sonst entwickelst du noch das Laster des Müßiggangs, wie die Samurai, die du so bewunderst. Einer von denen hat uns ja jetzt schön was eingebrockt.«

Seikei erhob sich langsam von seiner Matte. Sollte er seinem Vater erzählen, was er in der Nacht beobachtet hatte? Jetzt, bei Tageslicht, kam es ihm wie ein Traum vor. Nein, entschied er. Sein Vater war ohnehin schon zornig genug und er würde Seikei bestimmt nur sagen, er solle endlich aufhören, sich solchen Unsinn einzubilden.

Eine Dienerin brachte Tee und eine Schale mit eingelegtem Gemüse. Der scharfe Geschmack verhalf Seikei zu einem klaren Kopf. Insgeheim war er froh, dass er nicht gleich wieder in den Kago einsteigen musste. Der Gastwirt hatte von einem Richter gesprochen … Das würde sicher spannend werden!

Wieder klopfte es an der Tür. Als Seikei aufmachte, stand ihm ein Samurai gegenüber. Er trug jedoch nicht das Wappen des Fürsten Hakuseki. »Der Richter will Euch sehen«, sagte er.

Und so folgten Seikei und sein Vater ihm den Flur hinunter in das große Zimmer, in dem sie am Abend zuvor Fürst Hakuseki aufgesucht hatten.

Heute nun saß der Richter auf dem Podest inmitten des Raumes. Er trug einen braunen Kimono, der mit gelben Chrysanthemen bestickt war. Der Mann war sehr dick, doch seine Augen waren so scharf wie die einer Katze. Er erinnerte Seikei an eine Buddhastatue, nur dass der Richter unter seinem Obi die zwei Schwerter eines Samurai trug.

Fürst Hakuseki und seine Gefolgsleute saßen entlang den Wänden, die anderen Gäste der Herberge drängten nach und nach ins Zimmer und kauerten sich vor den Richter auf den Boden. Michiko und ihr Vater saßen direkt vor Seikei. Ihre Blicke trafen sich und Michiko lächelte.

»Ich bin Richter Ooka«, stellte sich der Rechtsgelehrte vor. »Ich bin gekommen, um den Diebstahl eines wertvollen Gegenstandes zu untersuchen, der Fürst Hakuseki gehört. Will irgendjemand das Verbrechen gestehen?«

Stille im Raum. Seikei hielt den Blick gesenkt. Er wusste, dass jeder, der eines Verbrechens bezichtigt wurde, erst seine Schuld zugeben musste, bevor er bestraft werden konnte. Allerdings lag es in der Macht eines Richters, Verdächtige foltern zu lassen, um ein Geständnis zu erzwingen. Für Schuldige wäre es also besser, gleich zu gestehen.

»Da offenbar niemand ein Geständnis ablegen will«, fuhr Richter Ooka fort, »werde ich meine Männer anweisen, Eure Zimmer zu durchsuchen, um Eure Unschuld zu überprüfen.« Seikei hörte seinen Vater leise seufzen. Wahrscheinlich hatte er Sorge, dass ihre Habe rücksichtslos durchstöbert werden würde.

Auf ein Nicken des Richters hin verließen drei seiner Leute den Raum. »Der Gegenstand wurde entwendet, während Fürst Hakuseki schlief«, sagte der Richter. »Dennoch haben seine Wachen niemanden die Herberge betreten oder verlassen sehen. Jeder, der in der Nacht etwas Ungewöhnliches gehört hat, möge sich jetzt dazu äußern.«

Seikei hob den Kopf, senkte ihn aber hastig wieder. Doch Richter Ooka war die Bewegung nicht entgangen. Er blickte Seikei direkt in die Augen. »Hast du etwas gehört?«, fragte er. Seikei wusste nicht, was er sagen sollte.

Sein Vater antwortete für ihn. »Es war sehr laut in der Herberge. Der Lärm kann niemandem entgangen sein.«

Ein anderer Gast meldete sich. »Es gab lauten Gesang und später eine Auseinandersetzung.« Und ein dritter Mann fügte hinzu: »Ich habe gehört, wie jemand geschlagen wurde.« *Offenbar haben sich noch mehr Gäste über das lautstarke Auftreten von Fürst*

Hakuseki und seinen Männern geärgert, dachte Seikei, *und jetzt sind sie froh, sich offen darüber beschweren zu können.*

»Darüber habt Ihr bisher nichts gesagt«, wandte sich Richter Ooka an Fürst Hakuseki. »Wer wurde geschlagen?«

Der Daimyo zuckte mit den Schultern. »Ein Diener. Er war nachlässig und die Schläge sollten ihm eine Lehre sein.«

»Wo ist dieser Diener jetzt?«, fragte der Richter den Gastwirt.

»Ich werde ihn sofort holen, Herr.« Der Wirt verließ den Raum und kehrte innerhalb weniger Augenblicke zusammen mit einem kleinen, mageren Mann zurück, der sich vor den Richter auf die Erde warf, das Gesicht auf den Boden gepresst.

»Steh auf, damit ich dein Gesicht sehen kann«, befahl der Richter.

Der Diener tat, wie ihm geheißen, und Richter Ooka musterte ihn eingehend. »Wie ich sehe, hast du eine Verletzung an der Wange. Wie ist es dazu gekommen?«

»Es war meine Schuld, Herr«, antwortete der Mann. »Ich war langsam, ich habe die Bestrafung verdient.«

»Du hast Fürst Hakuseki und seinen Männern Wein gebracht, stimmt das?«

»Ja, das war meine Aufgabe.«

»Als du hier ins Zimmer kamst, hast du da diese Schatulle gesehen?« Richter Ooka hob die schwarze Schatulle hoch, in der der Edelstein gelegen hatte.

»Nein, Herr, ich habe nichts gesehen.«

»Nichts? Gar nichts?«

Der Mann zögerte. »Ich habe nichts gesehen, was ich nicht sehen sollte.«

»Wie lange arbeitest du schon in dieser Herberge?«

»Zwei Jahre.«

»Dann kennst du dich hier sicher gut aus. Wahrscheinlich könntest du dich auch im Dunkeln problemlos durch die Gänge bewegen, nicht wahr?«

»Ja, Herr.«

»Und bestimmt kennst du in der Herberge viele Orte, an denen man etwas Kleines verstecken könnte, nicht wahr?«

Der Mann gab keine Antwort. Richter Ooka sprach weiter, seine Stimme klang ruhig und mild, als redete er mit einem Freund. »Angenommen, du hättest auf der Straße eine Münze gefunden und wolltest sie irgendwo verstecken, damit sie dir nicht gestohlen wird. Was würdest du damit machen?«

»Ich würde sie als Opfergabe in einen Tempel bringen, Herr«, antwortete der Diener.

Der Richter nickte. »Das wäre ein ehrenhaftes Verhalten.« Und dann fügte er im gleichen Tonfall hinzu: »Du weißt, dass ich dir die Arme auf den Rücken fesseln und sie nach oben biegen lassen könnte, so lange, bis du gestehst?«

Der Diener nickte. Er bebte nun am ganzen Körper.

»Wäre es nicht besser, gleich zu gestehen und dir die Qual zu ersparen?«, fragte der Richter.

Der Diener warf sich wieder bäuchlings auf den Boden. »Ich habe nichts gestohlen, Herr. Das schwöre ich.«

Bevor Richter Ooka etwas erwidern konnte, wurde die Tür aufgeschoben und einer der drei Helfer des Richters kam herein. Seikei sah, dass er die Schachtel mit den Papiermustern in der Hand hielt, die Michiko am vergangenen Abend Fürst Hakuseki gezeigt hatte. Der Mann trat nach vorn und legte die Schachtel vor Richter Ooka auf den Boden. »Wir haben den gestohlenen Edelstein gefunden«, sagte er. »Er war in dieser Schachtel versteckt.«

Auf der Suche nach einem Geist

Fürst Hakuseki zeigte mit dem Finger auf Michiko und ihren Vater. »Das sind die Diebe!«, schrie er. »Sie hat sich durch eine List Zugang zu meinen Räumen verschafft und den Edelstein gesehen!«

Richter Ooka bedeutete den beiden vorzutreten. Michiko bedeckte das Gesicht mit den Händen und kniete sich neben ihren Vater. »Gehört diese Schatulle Euch?«, fragte der Richter.

»Ja«, antwortete Michikos Vater. »Aber wir haben den Edelstein nicht angerührt. Ich weiß nicht, wie er da hineingelangt ist.«

»Wie ist Euer Name?«

»Ogawa Iori. Ich bin Papiermacher aus Kyoto.«

»Und das Mädchen?«

»Meine Tochter Michiko.«

»Eine falsche Schlange ist sie«, ging der Fürst dazwischen. »Sie hat mich gebeten, ihr den Stein zu zeigen.«

Seikei starrte ihn ungläubig an. Das war eine glatte Lüge! Der Daimyo trat den Ehrenkodex der Samurai mit Füßen!

»Lass mich dein Gesicht sehen«, wandte sich der Richter an Michiko. Mit durchdringendem Blick sah er ihr in die Augen. »Wenn du die Wahrheit sagst, wirst du nur leicht bestraft werden. Bedenke dies, bevor du antwortest. Ist dieser Mann wirklich dein Vater?«

»Ja, Herr.«

»Und hat er dich beauftragt, Fürst Hakuseki zu bitten, dir den Edelstein zu zeigen?«

»Nein! Nein! Wir hatten keine Ahnung, dass so ein Stein überhaupt existiert. Ich habe dem Daimyo nur unser Papier vorgeführt, er hat daraufhin ein Gedicht auf ein Blatt geschrieben und mich gefragt, ob ich etwas Schönes sehen möchte.«

»Lasst die beiden foltern!«, rief Fürst Hakuseki. »Dann werden sie schon die Wahrheit sagen.«

Richter Ooka ignorierte den Einwurf. Er nahm den Rubin aus der Papierschachtel und hielt ihn hoch. »Ist dies der Stein, den Fürst Hakuseki dir gezeigt hat?«

Michiko nickte.

»Wohin bist du gegangen, nachdem du diesen Raum verlassen hattest?«

»Zurück in unser Zimmer.«

»Und dort warst du dann die ganze Nacht?«

»Ja«, antwortete Michikos Vater. »Wir sind sofort schlafen gegangen.«

»Nein«, widersprach Michiko. »Ich konnte nicht einschlafen und bin auf die Terrasse hinausgegangen, um die Aussicht zu genießen.« Ihr Vater stöhnte kaum hörbar auf.

»Aber gestern Abend hat es doch geregnet«, wandte der Richter ein.

»Ja. Aber draußen war es ruhiger und die Luft war angenehm.«

»Wie lange warst du dort?«

»Nicht sehr lange.«

Seikei erwartete, dass sie nun sagen würde, dass sie ihn dort angetroffen hatte, aber nach kurzem Zögern fügte sie nur hinzu: »Ich bin bald wieder in unser Zimmer zurückgekehrt und eingeschlafen.«

»Bist du so lange auf der Terrasse geblieben, bis alle anderen im Haus eingeschlafen waren?«

»Nein, es war immer noch ziemlich laut, als ich wieder hineinging.«

Richter Ooka runzelte die Stirn. »Kannst du uns vielleicht erklären, wie der Stein in euer Zimmer gelangt ist?«

»Nein, ich weiß es nicht. Ich habe ihn jedenfalls nicht gestohlen.«

Der Richter seufzte. »Du bist zwar noch ein Kind, aber dies ist ein schweres Verbrechen. Ich warne dich, ich könnte …«

»Sie war es nicht!«, drang plötzlich Seikeis Stimme hinter Michiko hervor. Alle Augen waren schlagartig auf ihn gerichtet. Selbst sein Vater starrte ihn an. Aber Seikei musste einfach die Wahrheit sagen. Er konnte nicht zulassen, dass das Mädchen gefoltert wurde.

»Ich habe den Dieb gesehen«, sagte er. »Es war ein Geist, ein Jikininki. Er hatte Hörner und er hat die Tür zu unserem Zimmer aufgeschoben. Er hatte den Edelstein in der Hand.«

Seikeis Vater sprang auf. »Herr, bitte verzeiht meinem Sohn. Er bildet sich gern Dinge ein und er hat wirre Träume.« Er warf Seikei einen finsteren Blick zu, der mehr über die anstehende Strafpredigt sagte als tausend Worte.

»Komm her«, befahl der Richter und Seikei gehorchte. Sein Vater folgte ihm, wobei er immer weiter beteuerte, man dürfe den Worten seines Sohnes nicht glauben, denn der gerate gedanklich immer wieder auf Abwege, ja, er lese sogar Gedichte.

»Wie hast du den Dieb genannt?«, fragte Richter Ooka. »Einen Jikininki? Woher weißt du von den Jikininki?«

Seikei zögerte. »Ich war auf der Terrasse, da kam das Mädchen heraus. Sie hat mir eine Geistergeschichte erzählt. Aber es ist wahr – ich habe den Dieb gesehen. Bitte glaubt mir. Ich habe es nicht geträumt.«

»Seht Ihr?«, rief sein Vater. »Er ist einfach überspannt. Wir haben gestern eine lange Reise hinter uns gebracht und er ist das Reisen nicht gewöhnt. Vielleicht hat das Mädchen ihn irgendwie verzaubert. Unterwegs begegnet man so vielen verschiedenen Leuten – Dieben, Bettlern, Verrückten ... Der Gastwirt ist schuld, er dürfte solche Personen hier nicht nächtigen lassen.«

»Gestern Abend wart Ihr noch froh, eine Bleibe gefunden zu haben!«, rief der Herbergswirt dazwischen.

»Vielleicht gehört der Junge ja auch zum Diebesgesindel!«, schrie Fürst Hakuseki. »Er hat den Edelstein auch gesehen. Die stecken sicher alle unter einer Decke.«

Richter Ooka stand auf. »Ich kann hier nicht denken«, sagte er. »Es müssen alle hierbleiben, bis ich wieder zurückkomme«, wies er einen seiner Helfer an. Dann deutete er auf Seikei und sagte: »Du kommst mit mir.« Als Seikeis Vater protestieren wollte, ließ der Richter ihn mit einer einzigen Handbewegung verstummen.

Seikei hatte Angst. Vielleicht nahm der Richter ihn nur mit, um ihn foltern zu lassen? Schon bereute er, dass er sich überhaupt gemeldet hatte, aber er wusste andererseits auch, dass er die Wahrheit einfach nicht für sich hätte behalten können.

»Zeig mir euer Zimmer«, befahl der Richter, nachdem sie auf den Flur hinausgetreten waren. Seikei gehorchte. »Wo hast du geschlafen?«, fragte Richter Ooka.

Seikei deutete auf seine Schlafmatte. »Leg dich hin, so wie letzte Nacht, und erzähl mir alles, was du gesehen hast«, sagte der Richter. Und dann lauschte er aufmerksam Seikeis Worten.

»Ich hörte, wie die Tempelglocke die Stunde der Ratte einläutete«, begann Seikei. Und dann sprach er weiter, bis zu der Stelle, an der der Jikininki mit dem feuerroten Gegenstand in der Hand plötzlich auf der Schwelle zu seinem Zimmer gestanden hatte.

»Ich wollte schreien, dass ich am Leben bin«, sagte Seikei.

»Und dann?«, hakte der Richter nach.

»Als der Jikininki sah, dass ich lebte und er mich nicht fressen konnte, schloss er die Tür wieder.«

»Deswegen oder weil er merkte, dass du wach warst und ihn sehen konntest. Und was geschah weiter?«

»Ich lauschte eine Weile. Und erst konnte ich nichts hören, doch dann vernahm ich wieder Schritte.«

»Jikininki sind Geister. Demnach kann man ihre Schritte nicht hören«, betonte der Richter. »Und ein sorgsamer Dieb würde sich auch leise fortbewegen, bei den vielen Wachen im Haus.«

Seikei gab sich Mühe, sich genau an alles zu erinnern. »Stimmt. Nein, es waren keine Schritte, es war eine andere Tür, die aufgeschoben wurde. Das Geräusch war sehr leise, aber ich habe aufmerksam gelauscht.«

»Aha, eine andere Tür«, wiederholte Richter Ooka. »Und was hast du dann getan?«

»Ich bin aufgestanden und habe vorsichtig auf den Gang hinausgespäht.«

Der Richter zog die Brauen hoch. »Hattest du denn keine Angst? Schließlich warst du doch gerade so dem Verzehrtwerden entkommen.«

Seikei nickte. »Doch, ich hatte große Angst. Aber ich …« Seikei zögerte, aus Furcht, der Richter, der selbst ein Samurai war, könnte sich über seine Worte ärgern.

»Erzähl weiter«, drängte der Richter.

»Ich habe mir gesagt, dass sich ein Samurai dem Tod immer furchtlos stellt.«

Der Richter legte sich eine Hand an den Mund, doch Seikei sah, wie seine Augen belustigt blitzten. Seikei spürte, wie er rot wurde. Der Richter dachte also genauso wie sein Vater – dass er ein Dummkopf war.

»Woher weißt du das?«, fragte Richter Ooka.

»Ich habe es in einem Buch gelesen«, antwortete Seikei.

»Einem Buch, das von Daidoji Yuzan geschrieben wurde?«, bohrte der Richter weiter.

»Ja.« Seikei war überrascht. »Woher wisst Ihr …?«

»Ich habe das Buch auch gelesen, als ich ein Junge war. Manchmal lese ich auch jetzt noch darin. Aber das steht nun nicht zur Debatte. Stell dich hier an die Tür und erzähl mir, was du auf dem Flur gesehen hast.«

Seikei fuhr mit seinem Bericht fort. »Und als ich mit dem Fuß aufstampfte, ist der Jikininki im Boden verschwunden.«

»Zeig mir, wo genau das war.«

Seikei ging zum anderen Ende des Flurs.

»Jetzt stampf genauso mit dem Fuß auf wie gestern Abend«, befahl der Richter.

»Ich habe aber da vor der Tür aufgestampft, nicht hier«, erwiderte Seikei.

»Ich weiß. Stampf bitte trotzdem.«

Seikei gehorchte.

»Und jetzt hier«, sagte der Richter. »Und da drüben auch noch mal.«

Als hätte er etwas gehört, kauerte sich Richter Ooka plötzlich auf den Boden und begann mit den Handflächen über die glatten Dielenbretter zu streichen. Auf einmal brummte er etwas und steckte einen Finger in ein Astloch.

Das Brett ließ sich hochziehen. Seikei riss die Augen auf. Unter dem Brett gähnte ein schwarzes Loch, das direkt in die Erde hinabführte.

»Sehr gut«, sagte der Richter. »Zieh deinen Kimono aus, damit er nicht schmutzig wird.«

Seikeis Haut kribbelte. »Ihr wollt, dass ich *da* hinuntersteige?«

»Wie du siehst, bin ich viel zu dick, um das selbst zu tun.«

»Aber was, wenn der Dieb immer noch da unten ist?«

Diesmal gab sich Richter Ooka keine Mühe, sein Lächeln zu verbergen. »Wie soll er dir etwas anhaben können, wo du doch den Tod nicht fürchtest?«

Der unterirdische Gang

Nur spärlich mit seinem Baumwollschurz bekleidet, schlüpfte Seikei mit den Füßen voran in das Loch und ließ sich hinab. Ein Tunnel tat sich vor ihm auf. Er blickte zu Richter Ooka nach oben. »Ein unterirdischer Gang.«

»Folg ihm bis zum Ende«, sagte der Richter. »Und dann komm zurück und berichte mir, wohin er führt.«

Seikei biss die Zähne zusammen. Der Richter schien wohl gar keine Gefahr zu vermuten! Seikei hingegen war voller Angst. Langsam schob er sich Schritt für Schritt nach vorn und tastete mit den Händen an den Wänden entlang. Immer wieder musste er sich bücken, um nicht mit dem Kopf anzustoßen. Er war in völlige Dunkelheit getaucht und würde sich nicht im Geringsten wehren können, wenn ihn irgendein Wesen mit den Klauen packen oder scharfe Fangzähne in seinen Leib schlagen sollte.

In keiner der Samuraigeschichten, die Seikei bisher gelesen hatte, war je von einem die Rede gewesen, der sich unter der Erde hindurchwühlte. Manche Samurai kämpften tief unter dem Meer oder auf einsamen Berggipfeln gegen Ungeheuer. Andere stellten sich Mann-zu-Mann-Kämpfen auf Leben und Tod oder ritten auf ihren Pferden gegen verfeindete Daimyo und deren Heer in die Schlacht. Aber keiner kroch wie ein Wurm durch feuchten Boden. Wahrscheinlich war das der Grund, warum der Richter *ihn* dazu verdonnert hatte.

Plötzlich hörte Seikei ein Geräusch, doch schnell wurde ihm klar, dass es seine eigenen klappernden Zähne waren. Es war kalt im Tunnel und er musste an Grabmale und die Geister der Toten denken. Vielleicht war er ja wirklich einem Jikininki auf der Spur, der den Tag in einem Versteck verschlief und bei Nacht auferstand, um sich immer neue Opfer zu suchen.

Was würde der Jikininki wohl tun, wenn Seikei ihn aus seinem Schlummer aufschreckte?

Nein, er durfte nicht an so was denken. *Der Tod bedeutet einem Samurai nichts*, wiederholte er in Gedanken. Aber jetzt fiel es ihm noch schwerer als letzte Nacht, daran zu glauben. Über der Erde hätte er wenigstens schreien können, wenn der Jikininki ihn angegriffen hätte. Schließlich waren derzeit jede Menge Samuraiwachen in der Herberge. Aber hier unten würden Seikeis Schreie sofort von der Erde verschluckt werden und nie bis nach oben dringen.

Er blieb stehen. Sein Atem ging keuchend, obwohl er sich nur langsam bewegt hatte. *Geh weiter*, redete er sich selbst gut zu. *Du darfst dich von der Angst nicht überwältigen lassen.*

Er setzte sich wieder in Bewegung. Schritt für Schritt ging er den Tunnel entlang. Das Gefühl für die Zeit hatte er längst verloren. Und dann krachte er plötzlich gegen eine Erdwand. Wieder drohte die Panik übermächtig zu werden, doch Seikei behielt die Nerven. Der Gang musste doch irgendwohin führen.

Er tastete nach allen Seiten – und tatsächlich, auf einmal konnte er aufrecht stehen. Eine Öffnung! Direkt über seinem Kopf. Er entdeckte Griffe, die in die Wand eingelassen waren, und kletterte nach oben.

Ein Stein verschloss den Ausgang. Seikei zwängte seine Finger in den Spalt am Rand und schob den Stein zur Seite. Dann steckte er den Kopf hinaus und atmete gierig die frische Luft ein. Noch nie war ihm der Himmel so wunderschön vorgekommen.

Erleichtert kletterte er hinaus und sah zu seiner Überraschung auch schon Richter Ooka auf sich zukommen. Neben ihm ging ein Mann mit einer orangefarbenen Kutte und einem rasierten Schädel – ein buddhistischer Mönch.

»Woher wusstet Ihr, wohin der Tunnel führt?«, fragte Seikei.

»Ganz genau wusste ich es nicht«, antwortete der Richter. »Aber deine Beschreibung des Diebes hat mich auf eine Idee gebracht. Wir befinden uns auf dem Gelände des Tempels, wo Reisende, die sich keine Herberge leisten können, nächtigen dürfen. Dieser Mönch hat mir erzählt, dass hier eine Schauspieltruppe gestern Abend ein Stück aufgeführt hat.«

»Ja, das stimmt. Michiko und ich haben sie von der Terrasse aus gehört. Wir redeten darüber, dass wir das Stück gern gesehen hätten, und deswegen erzählte sie mir dann die Geschichte von dem Jikininki.«

Richter Ooka legte Seikei eine Hand auf die Schulter. »Ich glaube, du und ich werden noch einige Schauspiele erleben, bevor wir das Geheimnis des Geistes dieser Herberge lösen können.« Er musterte Seikeis schlammverschmutzten Körper. »Du brauchst jetzt ein Bad, aber zuerst müssen wir zurück und einen Teil der Ermittlungen abschließen.«

Auf dem Weg zur Herberge sagte Seikei: »Der Tunnel ist sehr lang. Den kann niemand in einer einzigen Nacht gegraben haben.«

Der Richter nickte. »Das hast du gut beobachtet. Ich glaube, der Diebstahl von Fürst Hakusekis Edelstein ist kein so einfacher Fall, wie es zunächst den Anschein hatte.«

Sie kehrten in den Raum zurück, in dem all die anderen versammelt waren. Seikeis Vater starrte seinen halb entblößten, schlammverkrusteten Sohn ungläubig an. Auch der Herbergswirt schien verwirrt. Heimlich versuchte er, sich zur Tür zu schleichen.

»Haltet ihn fest!«, rief Richter Ooka den Wachen zu. Sofort packten zwei Männer den Wirt und zwangen ihn auf die Knie.

Der Richter setzte sich auf das Podest, nahm den Edelstein, der in der Schatulle des Papiermachers gefunden worden war, in die Hand und hielt ihn Fürst

Hakuseki entgegen. »Seid Ihr sicher, dass dies der Stein ist, der aus Eurem Zimmer entwendet wurde?«

»Natürlich. Er ist ein Geschenk meiner Familie an den Shogun.«

Zum Entsetzen aller schleuderte Richter Ooka den Stein auf den Boden, wo er in tausend Scherben zersprang. »Falsch!«, sagte der Richter. »Eine gut gemachte Fälschung aus Glas. Könnte zum Beispiel zu den Requisiten einer Kabuki-Truppe gehören.«

Fürst Hakuseki starrte verständnislos auf die roten Splitter am Boden. »Aber der Edelstein, den ich hatte, war eindeutig echt.«

»Ja, und Ihr hättet dem Shogun diesen falschen hier überbracht. Stellt Euch vor, was er empfunden hätte, sobald ihm klar geworden wäre, dass Ihr ihm eine Fälschung geschenkt habt!«

Der Daimyo blickte sich wütend um. »Wie ist der Stein in den Besitz des Papiermachers gekommen? Hat er den echten Stein gestohlen?«

»Nein, es war reiner Zufall, dass der Stein in seinem Zimmer versteckt wurde.« Der Richter sah Seikeis Vater an. »Man hätte ihn in *Eurem* Zimmer gefunden, wenn Euer Sohn nicht wach gewesen wäre, als der Dieb die Tür aufmachte. Doch so ist er zu einem anderen Zimmer geschlichen und hat den Stein dort abgelegt. Es spielte nämlich keine Rolle, in welchem Zimmer er gefunden werden würde.«

Der Richter wandte sich wieder Fürst Hakuseki zu. »So hatte es der Dieb geplant. Er wusste, dass Ihr den

Verlust bemerken und sofort Alarm schlagen würdet. Dass man alle Zimmer durchsuchen und den falschen Stein finden würde, und Ihr keinen Zweifel daran hegen würdet, dass es sich um den echten handelte. Er wusste, dass keiner mehr nach dem richtigen Dieb gefahndet hätte.«

»Woher wisst Ihr das alles?«, fragte Fürst Hakuseki.

»Dieser Junge hat mich auf die richtige Spur gebracht«, erwiderte der Richter. »Ab da war es nicht mehr schwer, sich alles zusammenzureimen.«

»Aber wer ist nun der Dieb? Und wo um alle Welt ist mein Rubin?«

»Das muss ich erst noch herausfinden«, antwortete der Richter ruhig. »Ich glaube, der Wirt kann mir dabei helfen. Bringt ihn nach vorn.«

Die Wachen zerrten den Gastwirt vor Richter Ooka. Verdrießlich starrte der Mann zu Boden.

»Wieso gibt es zwischen deiner Herberge und dem Kloster einen unterirdischen Gang?«

»Ich weiß nichts von einem Gang«, beteuerte der Wirt.

Der Richter drehte sich zum Daimyo um. »Seid Ihr diesem Mann vielleicht schon mal begegnet? Denkt sorgfältig nach.«

Der Fürst runzelte die Stirn. »Ich kann mich nicht erinnern. Wieso sollte das wichtig sein?«

Richter Ooka sah den Daimyo eindringlich an. »Vielleicht habt Ihr ihm in der Vergangenheit etwas angetan.«

»Und wenn schon. Er ist kein Samurai. Ich habe über sehr viele Menschen Macht, über alle, die auf meinen Ländereien leben. Ich kann sie behandeln, wie ich will. Sagt mir, dass er meinen Stein gestohlen hat, und ich lasse ihn auf der Stelle töten.«

»Er ist mein Gefangener, Ihr werdet ihn nicht anrühren«, entgegnete der Richter. »Ich spreche hier Recht im Namen des Shoguns, ich bin sein bevollmächtigter Beamter.« Er nickte den Wachen zu. »Bringt den Mann weg und wendet die entsprechenden Methoden an, ihn zum Sprechen zu bringen.« Seikei sah, wie im Gesicht des Gastwirts Angst aufblitzte.

Nachdem die Männer gegangen waren, blieb Richter Ooka eine Weile nachdenklich sitzen. »Ich denke, es wird einige Zeit dauern, den Fall zu lösen«, sagte er dann.

»Ich habe aber keine Zeit«, keifte Fürst Hakuseki. »Ich werde in vier Tagen beim Shogun erwartet.«

»Dann solltet Ihr Euch auf den Weg machen«, sagte der Richter. »Ich werde ebenfalls rechtzeitig beim Shogun eintreffen, um zu berichten, wie alles abgelaufen ist.« Er wandte sich den anderen Gästen zu. »Ihr seid nun auch alle frei zu gehen. Nur dieser Junge muss erst mal bei mir bleiben.«

»Er kann aber nichts mit dem Diebstahl zu tun haben«, meldete sich Seikeis Vater. »Das habt Ihr doch selbst gesagt.«

»Er ist ein Zeuge. Und dazu ein kluger, mutiger Junge. Ich brauche seine Hilfe.«

Seikeis Vater legte sich eine Hand an die Stirn. »Aber wie soll er Euch denn helfen können? Ich muss Euch warnen, er …«

»Keine Sorge«, unterbrach ihn der Richter. »Ihr wollt doch auch nach Edo, nicht wahr? Ich werde ihn Euch dort wieder übergeben, heil und unbeschadet.«

Seikeis Vater warf seinem Sohn einen letzten warnenden Blick zu, dann verabschiedete er sich.

Kurze Zeit später kam Michiko zu Seikei. »Ich schulde dir mehr, als ich je zurückzuzahlen imstande bin. Du hast meinen Vater und mich davor bewahrt, gefoltert zu werden.«

»Ich habe nur die Wahrheit gesagt.«

»Viele hätten das nicht getan, sondern den Mund gehalten«, beharrte Michiko. »Du hättest deine eigene Haut nicht aufs Spiel zu setzen brauchen.«

»Die Wahrheit zu sagen, ohne auf die Folgen Rücksicht zu nehmen, ist ehrenhaft«, sagte Seikei.

Richter Ooka hatte das Gespräch der beiden mit angehört. »Wie ich sehe, hast du dir gut gemerkt, was in Daidoji Yuzans Buch steht. Aber jetzt komm. Bist du schon mal auf einem Pferd geritten?«

Seikei schnappte nach Luft. »Nein, Herr, noch nie.«

»Nun, jetzt wirst du es müssen. Wir werden den Dieb jagen.«

Ein Schwert für Seikei

Richter Ooka und seine Männer stiegen auf ihre Pferde, die vor der Herberge auf sie warteten. Der Gastwirt wurde mit auf dem Rücken gefesselten Händen an ein Seil gebunden und musste zu Fuß folgen.

Der Richter drehte sich zu einem seiner Gefolgsleute um: »Bunzo, bringt dem Jungen bei, wie man reitet.« Bunzo griff nach unten und hievte Seikei hinter sich in den Sattel. Seikei schlang die Arme um den Samurai und klammerte sich fest.

Obwohl sie langsam ritten, wurde Seikei ziemlich unsanft durchgerüttelt und fragte sich, wie in aller Welt er so eine lange Reise überleben sollte.

Doch zum Glück befand sich das Haus des Richters, das von einer hohen Steinmauer umgeben war, nur ein Stück außerhalb der Stadt. Im großen Innenhof stiegen die Reiter ab. Während die anderen Männer den Gastwirt abführten, zeigte Bunzo Seikei die Stallungen.

Bunzo war ein recht stämmiger Samurai mit einem Schnurrbart. Wie alle Samurai hatte er sich die Haare über der Stirn abrasiert und die restlichen Haare zu einer schmalen Rolle gebündelt. Seine Kleidung war makellos sauber und ordentlich gestärkt. »Bist wohl noch nie auf einem Pferd geritten, wie?«, sagte er.

Seikei nickte.

Bunzo holte ihm eine schlichte braune Jacke, eine kurze Hose, die ihm nur bis übers Knie reichte, ein schwarzes Beinkleid, das auch die Füße bedeckte, und ein Paar Ledersandalen. Das Beinkleid war sehr eng und der dicke, grobe Stoff kratzte auf der Haut. Vorsichtig stakste Seikei in den neuen Kleidern herum und Bunzo grinste. »Bist ein Händlerssohn, was?«

»Woher wisst Ihr das?«

»Du bist weiche Sachen gewöhnt. Händler tragen immer weiche Stoffe. Sie verlangen überhöhte Preise für ihre Waren, betrügen die Leute und bereichern sich an ihnen.«

Seikei ließ den Kopf sinken. Deswegen waren Händler so schlecht angesehen. Sie bauten keine Nahrungsmittel an wie die Bauern und sie stellten auch nichts her, wie etwa Michiko und ihr Vater. Sie verkauften einfach nur Waren.

Bunzo führte eine graue Stute aus dem Stall und zeigte Seikei, wie man sie sattelte. »Dieses Pferd rennt nicht«, erklärte er. »Es ist schon zu alt. Wenn du es schlägst, damit es schneller geht, bleibt es bloß stehen. Also versuch einfach nur, im Sattel zu bleiben.«

Bunzo half Seikei auf den Pferderücken und zeigte ihm, wie er seine Sandalen in die Steigbügel schieben musste. »Wenn du nach rechts oder links willst, zieh einfach leicht an den Zügeln. Dieses alte Mädchen hat weit mehr Erfahrung als du. Sie weiß schon, wohin sie dich bringen muss.«

Mit diesen Worten reichte Bunzo Seikei die Zügel. Nichts geschah. Die Stute drehte den Kopf und sah Seikei an. *Sogar das Pferd weiß, dass ich kein Samurai bin*, dachte Seikei enttäuscht.

»Sag ihr, dass sie sich in Bewegung setzen soll«, sagte Bunzo. »Rück im Sattel nach vorn.«

»Los, los!«, rief Seikei, die Stute schob sich rückwärts wieder Richtung Stall.

»Versuch, sie seitwärts zu lenken«, ordnete Bunzo an. »Benutze die Zügel, wie ich es dir gezeigt habe.«

Seikei ruckte an den Zügeln – allerdings zu heftig, denn die Stute ließ den Kopf zur Seite schnellen und schüttelte sich so fest, dass Seikei sofort aus dem Gleichgewicht geriet. Er musste die Zügel loslassen und sich an den Hals des Pferdes klammern, um nicht runterzufallen.

Bunzo packte ihn an der Jacke und schob ihn wieder zurück in den Sattel. »Streck den Rücken durch. Betrachte dich als Teil des Pferdes. Wenn es sich bewegt, bewegst du dich mit ihm.«

Allmählich begriff Seikei. Nach einigem Üben war er schließlich in der Lage, das Pferd zu lenken.

Es war aufregend, so weit oben zu sitzen. Er schloss eine Sekunde die Augen und stellte sich vor, er trage die Rüstung eines Samurai. Doch plötzlich wirbelte die Stute unerwartet herum und warf Seikei ab.

Bunzo kam herbeigelaufen, half Seikei aufzustehen und sich wieder in den Sattel zu setzen.

»Weißt du, Richter Ooka ist wirklich ein sehr weiser Mann«, sagte Bunzo. »Noch nie ist ihm ein Verbrecher durch die Lappen gegangen. Er sieht Dinge, die anderen entgehen. Aber von Zeit zu Zeit unterläuft selbst ihm mal ein Fehler.«

Seikei lief sofort rot an. Er wusste, wer mit dem Fehler gemeint war. Er biss die Zähne zusammen und nahm sich fest vor, sich nie wieder aus dem Gleichgewicht bringen zu lassen.

Im Innenhof tauchte auf einmal Richter Ooka auf. »Wie kommt ihr mit dem Üben voran?«, fragte er. »Bunzo, Ihr müsst nämlich wissen, dieser junge Mann möchte ein Samurai werden.«

Bunzo verdrehte nur stumm die Augen.

»Dann braucht er auch ein Schwert, meint Ihr nicht?«, fuhr der Richter fort.

Seikei hielt den Atem an. Nur in seinen kühnsten Träumen hätte er so etwas zu hoffen gewagt.

»Er ist aber kein Samurai«, wandte Bunzo missbilligend ein.

»Ich meinte ein hölzernes Schwert«, sagte der Richter ruhig.

Bunzo zuckte mit den Schultern. »Damit kann er sich wenigstens nicht selber verletzen.«

»Dann wollen wir mal eins auftreiben«, beschloss der Richter. Zu Seikei gewandt sagte er: »Jetzt würde dir ein Bad vielleicht ganz guttun.«

Da erst fiel Seikei auf, dass er immer noch ganz schmutzig war von seinem Ausflug unter die Erde, und jetzt nach der Reitstunde roch er zudem streng nach Pferd.

Der Richter streckte die Hand aus. »Dort auf der Rückseite des Hauses ist das Badezimmer. Geh schon mal vor, ich komme dann nach.«

Während sich Richter Ooka und Bunzo weiter unterhielten, tat Seikei, wie ihm geheißen. Er fand das Badehaus und zog vor der Tür seine Sandalen aus. Eine ältere Frau nahm ihn in Empfang. »Richter Ooka hat gesagt, ich soll mich hier waschen«, erklärte Seikei schüchtern.

Die Frau deutete auf ein großes, flaches Becken, das mit grünen Fliesen umrandet war. Es war leer, doch die Frau zeigte auf ein Bambusrohr, das mit einem Korken verschlossen war. »Wenn du das öffnest, fließt Wasser ein«, sagte sie. Dann ging sie und schloss die Tür hinter sich, sodass Seikei sich ausziehen, waschen und in die Wanne steigen konnte. Er holte den Korken heraus und schon ergoss sich Wasser ins Becken. Zu Seikeis Überraschung war es warm. Zu Hause in Osaka musste das Wasser erst auf dem Herd erhitzt werden, wenn man ein heißes Bad nehmen wollte. Seikei lehnte sich zurück und genoss das Gefühl des Wassers auf seiner Haut.

Bald darauf kam der Richter, um ihm Gesellschaft zu leisten. Die Wanne war groß genug für zwei. Es sei denn, die zwei wären beide so dick gewesen wie Richter Ooka. Als dieser sich ins Bad setzte, stieg der Pegel so stark an, dass etwas von dem Wasser über den Rand schwappte.

»Wieso ist ein heißes Bad eigentlich solch ein Genuss?«, fragte Ooka zufrieden.

Darüber hatte Seikei noch nie nachgedacht. »Es fühlt sich einfach gut an.«

»Ja, vielleicht ist dies die beste Antwort. Es zu genießen, ohne es infrage zu stellen. Aber je älter ich werde, desto rastloser wird mein Geist. Ich suche Antworten auf so viele Fragen.«

»Warum ist das Wasser so warm?«, fragte Seikei. Vielleicht würde der Richter sich ja über eine weitere Frage freuen.

Und in der Tat nickte der Mann zustimmend. »Es gibt eine heiße Quelle ganz in der Nähe«, erklärte er. »Als ich davon hörte, dachte ich, man könnte ihr Wasser durch Bambusrohre hierher leiten. Das ist viel einfacher, als Wasser auf dem Herd zu erhitzen und eimerweise zu schleppen.«

Der Richter schloss die Augen und tauchte noch tiefer ein. »Ich fürchte, sehr lange können wir uns hier aber nicht aufhalten«, seufzte er. »Wir müssen bald los, den Dieb aufspüren.«

Darüber hatte Seikei auch schon nachgedacht. Schließlich konnte der Dieb seinen Vorsprung immer weiter ausbauen, während sie hier saßen. Doch offenbar wusste Richter Ooka längst etwas Wichtiges über den Dieb.

»Hat der Wirt gestanden?«, fragte Seikei.

»Nein, er wollte nichts sagen«, erwiderte der Richter. »Auch nicht, als meine Männer ihm die Folterinstrumente zeigten. Also ließen wir ihn mit einem Schwert allein im Raum und da hat er Seppuku begangen.«

»Was? Er hat sich umgebracht? Aber dann heißt das, Ihr könnt nichts mehr von ihm erfahren.«

»Aber ganz im Gegenteil. Er hat mir damit alles gesagt, was ich wissen muss. Bis auf ein paar Kleinigkeiten, die wir mit Sicherheit mit der Zeit herausfinden werden.«

Seikei blinzelte. Bestimmt wollte der Richter seine Loyalität auf den Prüfstand stellen. Er konnte doch unmöglich schon das Verbrechen aufgeklärt haben.

Dem Richter entging Seikeis nachdenklicher Gesichtsausdruck nicht und er lächelte. »Wann würde jemand lieber Selbstmord begehen, als ein Verbrechen zu gestehen?«, fragte er. »Auf Diebstahl steht als Strafe nicht der Tod.«

Seikei überlegte. »Wenn er damit jemand anderen decken will?«, mutmaßte er.

»Sehr gut. Und was für ein Mann würde den Freitod wählen, nur um seine Freunde nicht verraten zu müssen?«

»Ein Samurai?«

Der Richter nickte. »Wenn er von edlem Gemüt ist, ja. Aber warum sollte ein Samurai als Herbergswirt arbeiten?«

Darauf wusste Seikei keine Antwort. Richter Ooka erhob sich aus dem Bad und begann sich abzutrocknen. »Komm mit. Du kannst später darüber nachdenken. Jetzt musst du erst einmal dein Schwert in Empfang nehmen.«

Hastig zog Seikei sich an. Aus Holz oder nicht – ein Schwert war mehr, als er sich je erträumt hatte.

Der Richter führte ihn in den Garten auf der Rückseite des Hauses. Wie alles im Haus des Richters zeugte auch der Garten von einer Liebe zur Schönheit. Büsche und Bäume rahmten ein großes Rechteck mit sorgfältig geharktem weißem Kies ein. Steine in verschiedenen Größen und Formen ruhten auf dem Kiesbett.

Seikei hatte solche Gärten schon in zen-buddhistischen Tempeln in Kyoto gesehen. Die Mönche saßen oft stundenlang regungslos da und schauten sie sich einfach nur an, um ihren Kopf klar zu bekommen.

Der Richter setzte sich auf eine Holzbank, die am Rand des Gartens stand, und bedeutete Seikei, sich neben ihn zu setzen. Seikei wusste, wozu die Steine gedacht waren: Sie sollten das Auge täuschen. Wenn man sie lange genug anstarrte, hatte man irgendwann das Gefühl, als sähe man in eine unendliche Landschaft hinaus.

Und jetzt erging es Seikei genauso. Die Steine erschienen ihm auf einmal wie riesige Gebirge, und er konnte sich vorstellen, wie er die geharkten Kiespfade entlangschritt, so winzig klein, dass man ihn gar nicht erkennen konnte. Es wäre eine lange Reise.

Plötzlich klatschte Richter Ooka zweimal in die Hände. Er rief damit die Kami, Naturgeister, die überall in Japan lebten. Der Richter sah Seikei an, und der Junge begriff, dass er nun auch klatschen sollte.

Als er es tat, geschah etwas Merkwürdiges. Der Garten veränderte sich, wenn auch kaum merklich. Eine leichte Brise ließ einige Kiesel klirren und die Steine schienen in noch weitere Ferne zu rücken. Die Haut in Seikeis Nacken prickelte.

»Wir begeben uns bald auf eine Reise«, sagte der Richter. »Wir bitten Euch, geleitet unsere Schritte und helft uns, unsere Aufgabe zu erfüllen. Dieser Junge muss noch vieles lernen. Ich werde ihn lehren, was ich kann, aber wo ich versage, müsst Ihr ihm den Weg zeigen. Stellt ihn unter Euren gnädigen Schutz.«

Die Brise legte sich, im Garten war es wieder völlig still. Der Richter stand auf, und als Seikei sich umdrehte, sah er auf einem Vorsprung ein hölzernes Schwert liegen.

Bunzo musste es dort hingelegt haben, ohne dass Seikei ihn bemerkt hatte. Der Richter nahm das Schwert in die Hand. Das glatte, dunkle Holz war hochglänzend poliert worden. Es wirkte beinahe wie ein richtiges Schwert.

»Ich vertraue dir nun dieses Schwert an«, verkündete Richter Ooka. »Mögest du es gut behandeln und mit Verstand einsetzen.«

Seikei nahm das Schwert, halb benommen vor Freude. Am liebsten hätte er es in der Luft umhergeschwungen, aber er wusste, so etwas hätte nur ein kleiner Junge getan. Er hingegen wollte sich verhalten, wie es ein Samurai täte, und so verbeugte er sich tief vor dem Richter und schob sich dann das Schwert unter den Gürtel. »Ich bin bereit«, sagte er.

Richter Ooka lächelte. »Wir werden sehen.«

Die Straße nach Ise

Als Seikei und der Richter in den Innenhof zurückkehrten, warteten dort zwei gesattelte Pferde auf sie. Bunzo war nirgends zu sehen. Das war Seikei nur recht, dann würde der Samurai wenigstens nicht miterleben, wie mühsam er sich allein aufs Pferd hieven musste.

Richter Ooka, der so behäbig und schwer wirkte, schwang sich überraschend leicht in den Sattel. Dann trabte er voran. Seikeis Pferd folgte.

Wenige Augenblicke später hatten sie das Tor hinter sich gelassen und folgten der Straße Richtung Nordosten.

»Wollt Ihr gar keine Wachen mitnehmen?«, fragte Seikei.

»Ich habe doch dich«, erwiderte der Richter. »Oder würdest du mich etwa nicht verteidigen, wenn wir angegriffen würden?«

»Doch, natürlich, aber Eure Männer …«

»Du hast wahrscheinlich gedacht, wir würden so reisen wie die großen Daimyo, die du auf der Straße gesehen hast? Mit einer Gefolgschaft aus Dutzenden von Samurai und Dienern und großen Bannern und viel ›Aus dem Weg!‹-Geschrei. Hast du so etwas erwartet?«

»Vielleicht nicht ganz so«, sagte Seikei. »Aber Ihr seid doch ein Richter, ein Abgeordneter des Shoguns persönlich.«

Richter Ooka nickte. »Ja, und jetzt bin ich auf der Suche nach einem Verbrecher. Das gehört zu meinen Pflichten. Stell dir vor, wir würden in einem Wald nach einem Reh Ausschau halten. Rehe haben ein scharfes Gehör und sind sehr ängstlich. Wenn man mit vielen Soldaten durch den Wald marschierte, würden die Tiere sofort wegrennen. Wenn man ein Reh fangen will, muss man zum Baum werden.«

»Zum Baum?«

»Ja. An den Anblick von Bäumen sind Rehe gewöhnt, sie fürchten sie nicht. Und ein Verbrecher wird sich vor einem dicken alten Mann und einem Jungen auch nicht fürchten.«

Welch Weisheit doch im Denken und Handeln des Richters lag!

Die Straße war an diesem Tag voller Menschen. Obwohl sie auf dem Pferderücken unterwegs waren, kamen Seikei und der Richter bei den vielen Fußgängern und Sänften nur langsam voran. Anders als Fürst Hakuseki scheuchte der Richter niemanden aus dem Weg, sondern schien sich damit zufriedenzugeben, mit dem Strom zu schwimmen.

»Sollten wir uns nicht ein bisschen beeilen?«, fragte Seikei irgendwann.

»Warum?«

»Der Dieb muss schon früh am Morgen geflohen sein. So holen wir den Vorsprung niemals auf.«

»Aber was macht das schon, wenn wir doch genau wissen, wohin er will? Wir werden schon rechtzeitig ankommen.«

Seikei dachte einen Augenblick über die Worte des Richters nach, verstand sie aber nicht. »Ihr wisst also, wohin er geht?«

Richter Ooka nickte. »Denk an die Art des Verbrechens.«

Seikei überlegte. »Ein Edelstein wurde gestohlen. Ihr meint also, der Dieb will irgendwohin, wo er ihn verkaufen kann?«

Der Richter schüttelte den Kopf. »Nein, er verfolgt ein anderes Ziel.« Seikei dachte angestrengt nach, aber es wollte ihm nicht einfallen. Schweigend folgte er dem Richter, der sich mehr für die Landschaft als für die Jagd auf den Dieb zu interessieren schien. Aber warum auch nicht, wenn er offenbar wusste, wohin der Dieb wollte?

Seikei beschloss, sich abzulenken, und begann, die übrigen Reisenden zu beobachten. Ein Mann war dabei, der ein dunkelblaues Gewand und einen Korb über dem Kopf trug. Der Korb hatte nur einen schmalen Schlitz, durch den der Mann hinaussehen konnte. Seikei deutete auf ihn.

Richter Ooka nickte. »Ja, das ist ein Komuso. Hast du noch nie einen gesehen?«

»Nein.«

»Komuso sind wandernde heilige Männer. Siehst du die Flöte, die er bei sich trägt? Komuso machen Musik und erbitten sich dafür etwas zu essen.«

»Aber warum versteckt er sein Gesicht unter einem Korb?«

»Das ist so Tradition. Die Komuso wollen ihr äußeres Ich verlieren, auf dass sie nur noch in ihrem Geiste weilen.«

Seikei schüttelte den Kopf. Wieder etwas, worüber er nachdenken musste. »Aber wäre das nicht auch eine gute Tarnung für einen Dieb?«, gab er zu bedenken.

»Ah.« Der Richter lächelte. »Guter Einwand. Behalte den Mann im Auge.«

Seikei war froh, endlich etwas Nützliches tun zu können. Aber der Komuso, der sich leichter durch die Menschenmassen schieben konnte, kam schneller voran als sie. Seikei versuchte, sein Pferd anzutreiben, aber das folgte nur träge dem Tier des Richters. Und als die Straße um einen Hügel bog, verlor Seikei den Komuso aus den Augen. So sehr er sich auch anstrengte, er konnte den auf- und abwippenden Korbkopf nicht mehr entdecken.

Entlang der Straße standen immer wieder kleine strohgedeckte Hütten, in denen Tee, Nudeln, Fisch, eingelegtes Gemüse und Reis verkauft wurden. Der Richter beschloss, an einer haltzumachen. Seikei glitt aus dem Sattel und folgte Richter Ooka auf wackligen Beinen in die Hütte, wo eine alte grauhaarige Dame in einem Kessel voll Miso-Suppe rührte.

Seikei lief das Wasser im Mund zusammen, als er den Duft roch, der aus dem Topf zu ihm herüberwehte. Erst jetzt fiel ihm ein, dass er seit dem Frühstück nichts mehr gegessen hatte. Richter Ooka legte eine Münze auf den roh gezimmerten Holztisch, woraufhin die alte Frau ein paar Nudeln und Brühe in zwei Schalen schöpfte und sie den Reisenden reichte. Seikei hatte seine Portion im Nu aufgegessen und der Richter bestellte ihm Nachschlag. »Du wirst bald genauso dick sein wie ich.«

Das wird aber noch lange dauern, dachte Seikei bei sich.

Nachdem der Richter sein Mahl beendet hatte, fragte er die Frau: »Habt Ihr heute Kabuki-Spieler auf der Straße gesehen?«

Die alte Dame spähte zu den zwei Schwertern unter dem Gürtel des Richters. »Hier kommen so viele Menschen vorbei, Herr. Ich sehe sie nicht alle.« Richter Ooka legte eine weitere Münze auf den Tisch, und die Frau ließ sie so schnell in ihrem Ärmel verschwinden, dass Seikei es nicht mitbekommen hätte, wenn er in diesem Augenblick geblinzelt hätte.

Die Frau sog die Luft zwischen den Zähnen ein und legte den Kopf schief. »Heute Morgen ist tatsächlich etwas sehr Ungewöhnliches vorgefallen«, berichtete sie. »Ein paar Männer kamen mit einem Pferd vorbei, das zwei große schwarze Truhen aufgeladen hatte. So Truhen, wie Schauspieler sie manchmal zum Transport ihrer Kostüme und Requisiten benutzen. Einer der Männer wollte eine Schale Suppe, aber die anderen drängten ihn weiterzugehen. Sie wollten schnell vorankommen.«

»Das war doch nichts Ungewöhnliches«, wandte der Richter ein.

Die Frau nickte lächelnd und entblößte dabei ihre letzten noch verbliebenen Zähne. »Stimmt. Nur dass dieser Kerl sagte, er habe kein Geld. Er bot mir an, mir ein Kunststück vorzuführen, wenn ich ihm Nudeln gebe.« Sie legte sich eine Hand auf den Mund. »Ich muss immer noch lachen, wenn ich daran denke, so lustig war es. Ich habe ihm eine Schale Suppe gegeben. Er hat nämlich ein furchtbar trauriges Gesicht gemacht. Genau wie ein Schauspieler, wisst Ihr?«

Der Richter nickte. »Und dann?«

»Er hat die Schale in die Hand genommen und dann ist er – genau da, wo Ihr jetzt steht – nach hinten gehüpft, Beine in die Luft und schwupp wieder runter. Ist auf der Straße auf den Füßen gelandet und hatte dabei keinen einzigen Tropfen Suppe verschüttet! Ich habe keine Ahnung, wie er das geschafft hat. Ich musste so lachen. Das Kunststück war mir die Suppe wirklich wert.«

»War der Mann ziemlich klein?«, fragte Seikei. »Und hatte hier so eine Narbe auf der Wange?« Er zog mit dem Finger einen Strich über sein Gesicht.

Die Frau nickte und griff sich an die Wange. »Ja, genau. Muss sich irgendwann geschnitten haben. Aber er hatte trotzdem ein hübsches Gesicht. Ich habe noch nie so schöne Augen gesehen.«

Der Richter bedankte sich bei der Frau und ließ ihr eine weitere Münze zukommen. Dann stiegen er und Seikei wieder in den Sattel und zogen weiter.

»Warum hast du die Frau nach dem Mann mit der Narbe gefragt?«, wollte der Richter wissen.

Seikei erzählte ihm von dem Zwischenfall am Kontrollpunkt, bei dem der Bettler sich durch einen Überschlag aus Fürst Hakusekis Weg gerettet hatte. »Ich dachte, das könnte vielleicht derselbe Mann gewesen sein«, erklärte er.

Richter Ooka nickte zufrieden. »Du bist sehr aufmerksam.«

»Könnte er derjenige sein, der den Edelstein gestohlen hat?«, fragte Seikei.

Richter Ooka lächelte. »Was meinst du selbst? Hat der Geist, den du in der Nacht gesehen hast, wie der Mann von der Straße ausgesehen?«

Seikei versuchte angestrengt, sich zu erinnern. »Ich glaube, der Geist war viel größer. Er hatte Hörner und ein ganz weißes Gesicht. Eine Narbe konnte ich nicht erkennen.«

»Es war ja auch dunkel auf dem Flur«, gab der Richter zu bedenken.

Während sie weiterritten, wurde es Seikei immer leichter ums Herz. Noch am Tag zuvor hatte er sich danach gesehnt, genau so reisen zu können – offen, ohne dass ihn eine Sänfte daran hinderte, die Landschaft zu betrachten. Die Straße wand sich an der Küste entlang, und Seikei warf einen Blick nach rechts, wo sich die Wellen am felsigen Ufer brachen. Er holte tief Luft, spürte das Salz der Gischt.

Eine uralte Kiefer erregte seine Aufmerksamkeit. Von den Winden gebeugt und verdreht, krallte sich der Baum in einen Felsspalt hoch über dem Meer. *Wie schafft er es nur zu überleben?*, fragte sich Seikei. Er dachte daran, wie viele Menschen schon vorbeigekommen sein mussten, seit dieser Baum hier wuchs. Aus irgendeinem Grund machte ihn der Gedanke ein wenig traurig.

»Du denkst an den Baum dort, nicht wahr?«, sagte der Richter.

»Woher wisst Ihr das?«

»Jeder, der hier vorbeikommt, sieht zu ihm hin. Weil er so allein dasteht und bei jeder Jahreszeit dem Meer trotzt. Sieh mal zur anderen Straßenseite.«

Seikei schaute zum Hügel, der links von ihnen aufragte. Er war über und über mit Kiefern bewachsen, und eine sah aus wie die andere.

»Sie sind alle gerade und hochgewachsen«, sagte der Richter. »Ihrer Natur folgend, wachsen sie aufrecht, strecken ihre Äste aus, und von Zeit zu Zeit streuen sie ihre Zapfen, auf dass neue Bäume an ihrer Stelle wachsen, wenn sie einmal absterben. Die meisten Menschen leben genauso, findest du nicht?«

Seikei nickte.

»Und dennoch«, fuhr Richter Ooka fort, »sehen alle zu dem Baum hinüber, der ganz für sich allein steht. Er ist anders. Das Schicksal hat ihn an einen Ort verschlagen, an dem er nicht gerade und hochwachsen kann. Er erinnert uns an etwas, das wir fürchten. Nämlich?«

Seikei überlegte. »Ich weiß nicht.«

»Du weißt es nicht? Du, ein Händlerssohn, der wie ein Samurai denkt? Hast du noch nie das Gefühl gehabt, dass du am falschen Ort bist? Dass das Schicksal dich anders erschaffen hat?«

»Doch, schon oft«, gestand Seikei leise.

Es war ein heimlicher Gedanke, den er außer Michiko noch nie jemandem anvertraut hatte. Es überraschte ihn, dass der Richter ihn wieder einmal so leicht durchschaut hatte.

»Menschen, die dieses Gefühl haben, werden manchmal zu Verbrechern«, erklärte der Richter. Seikei fühlte sich sofort schuldig, als wäre er bei etwas erwischt worden. Aber Richter Ooka lächelte beruhigend. »Nur manchmal, nicht immer. Aber ich muss immer daran denken, wenn ich auf der Suche nach einem Verbrecher bin.«

Am Nachmittag kamen sie an eine Weggabelung. Zu ihrer Rechten führte die Straße weiter nach Edo, doch manche Reisende wählten den schmaleren Weg, der nach Norden führte, von der Küste weg.

»Sie wollen nach Ise«, erklärte der Richter. »Sind auf Pilgerreise.« Ise war der heiligste Ort Japans. Der alte Tempel von Ise war Amaterasu geweiht, der Göttin der Sonne, die als Urahnin des ersten japanischen Kaisers galt. Aus dem ganzen Land strömten Menschen herbei, um Amaterasu um einen Segen für ihre Familien und Dörfer zu bitten.

Richter Ooka schwenkte sein Pferd nach links.

»Aber wollen wir nicht nach Edo?«, fragte Seikei überrascht.

»Alles zu seiner Zeit«, erwiderte der Richter. »Wir werden in Ise nur einen Tag verlieren. Warst du schon einmal dort?«

»Nein«, sagte Seikei. Aber es war schon lange ein Wunsch von ihm gewesen. Es hieß, im Tempel gäbe es einen heiligen Spiegel – denselben Spiegel, den die Kami vor langer Zeit dazu verwandt hätten, Amaterasu aus ihrem Versteck zu locken. Wäre sie nicht herausgekommen, hätte nie die Sonne über Japan geschienen. Wann immer ein neuer Kaiser den Thron bestieg, kam er nach Ise, um Amaterasu zu bitten, Japan weiterhin mit ihrer Anwesenheit zu beehren.

»Vielleicht ist es ja ganz anders, als du erwartest«, sagte der Richter.

Der alte Mann sollte Recht behalten. Ise war ein Ort mit viel Tumult. Kaum hatten sie die Stadt betreten, war Seikeis Pferd auch schon von Leuten umgeben, die ihre Zaubermittel und selbst gebrauten Tränke feilboten. Ein Mann rief, sein Heilmittel könnte alle Krankheiten heilen, ein anderer versprach Seikei großen Reichtum. Seikei hatte Mühe, mit dem Richter Schritt zu halten.

Jongleure und Zauberkünstler führten auf der Straße ihre Kunststücke vor. Seikei sah einen von einer Menschenmenge umlagerten Affen, der darauf abgerichtet war, zu tanzen und um Münzen zu betteln. Junge Frauen riefen Reisenden zu, sie mögen in den Herbergen und Teestuben, die den Straßenrand säumten, Rast machen. Eine der Frauen griff nach den Zügeln von Richter Ookas Pferd, doch er entzog sie ihr. An jedem einzelnen Haus, so schien es zumindest, prangten Schilder, die das beste Essen, die beste Unterkunft, die beste Unterhaltung anpriesen.

Der Richter lenkte sein Pferd an alldem vorbei. Seikei rechnete damit, dass er zum Sitz des ortsansässigen Regierungsbeamten reiten würde. Doch da irrte er sich erneut. Richter Ooka hielt vor einem Stall an und bezahlte dafür, dass die Pferde gefüttert, getränkt und über Nacht untergebracht wurden.

Danach hielt er auf eine Gasse zu, in der ausschließlich kleine, heruntergekommen wirkende Häuser standen. Seikei war froh, seine Beine endlich wieder ausstrecken zu können, aber gleichzeitig fragte er sich, was der Richter wohl in dieser Gegend vorhatte. Ein paar der Häuser trugen kleine Schilder mit der schlichten Aufschrift TEE oder REIS, doch keines war so schick und ansprechend wie die Häuser an der Hauptstraße.

»Hast du den Komuso im Auge behalten, den wir heute Morgen gesehen haben?«, fragte Richter Ooka.

Nur ungern gab Seikei zu, dass er den Mann aus den Augen verloren hatte.

»Dort drüben ist er«, sagte der Richter.

Und tatsächlich, der Komuso stand vor einem der Teehäuser und spielte ein leises, wehmütiges Lied auf seiner Flöte. *Es sieht wirklich so aus, als wäre es derselbe Mann*, dachte Seikei, aber wegen des Korbes konnte er es unmöglich mit Sicherheit sagen.

Der Richter ging an dem Komuso vorbei, ohne ihn anzusehen, und betrat das Teehaus. Seikei schlüpfte vor der Tür aus seinen Sandalen und folgte ihm. An einem langen Tisch saßen mehrere Gäste und tranken Tee. Neugierig spähten sie zu dem dicken Samurai herüber, der soeben den Raum betreten hatte. Schon wenige Augenblicke später tauchte ein kleiner Mann mit einem braunen Kimono auf, ein Tablett mit Teetassen in den Händen. Als er den Richter erblickte, legte er das Tablett beiseite und bedeutete dem Richter, ihm zu folgen.

Wortlos führte der Mann Seikei und den Richter einen schmalen Flur entlang, öffnete dann am Ende des Ganges eine Tür und ließ sie eintreten. Der Raum war klein und bis auf die Strohmatten, die den Boden bedeckten, völlig leer. Richter Ooka ließ sich seufzend auf eine der Matten sinken. Seikei öffnete den Mund, um ihn etwas zu fragen, doch der Richter zeigte ihm an zu schweigen.

Kurze Zeit später kehrte der Mann mit vollen Suppenschalen und einer Kanne Tee wieder. Die Suppe, in der grüne Zwiebeln und Thunfischstücke schwammen, schmeckte überraschend gut. Als sie zu Ende gegessen hatten, zog der Richter vorsichtig seine Schwerter aus dem Gürtel und legte sie auf die Matte.

»Wir sollten jetzt besser etwas schlafen«, sagte er. »Heute Abend werden wir einem Kabuki-Stück beiwohnen.«

Seikei starrte ihn verblüfft an. »Ich dachte, Samurai dürfen nicht ins Kabuki-Theater gehen.«

»Das ist wahr. Aber ich muss es tun, es ist meine Pflicht gegenüber dem Shogun. Es wird dir gefallen. Ich möchte, dass du nachher sehr gut aufpasst, also leg dich jetzt lieber hin und schlaf.«

Nur wenige Augenblicke später schnarchte Richter Ooka bereits. Seikei hingegen lag wach auf seiner dünnen Matte, in seinem Kopf wirbelten die unterschiedlichsten Gedanken durcheinander. Es gab einfach zu vieles, worüber er nachdenken musste.

Die siebenundvierzig Ronin

Seikei und der Richter stiegen den Hügel hinauf, auf dem der heilige Schrein von Ise stand. Der Richter hatte seine Schwerter zurückgelassen, um nicht als Samurai erkannt zu werden, aber dafür hatte er Seikei angewiesen, sein hölzernes Schwert mitzunehmen. »Manchmal«, erklärte er, »geht es in der Menge ziemlich ruppig zu und es sind immer Taschendiebe unterwegs. Ich bin auf deine scharfen Augen und deinen Mut angewiesen.«

Insgeheim hoffte Seikei, dass es keine Probleme geben würde. Es gefiel ihm, wie sich das Schwert unter seinem Gürtel an ihn drückte, aber er traute sich nicht zu, richtig damit umzugehen.

Der Schrein bestand aus einer Vielzahl von Gebäuden. Eins war ein Kloster, in dem buddhistische Mönche lebten, ein anderes stand Reisenden offen, die sich keine andere Unterkunft leisten konnten. Hinter dem Kloster befanden sich die beiden alten hölzernen Schreine, das Herz von Ise. Mit Einbruch der Dunkelheit versiegte der Strom der Pilger, die tagsüber in

Scharen kamen, denn die Göttin der Sonne schlief bei Nacht und schätzte es nicht, geweckt zu werden.

Während der Abendstunden drängten die Pilger also in die Theater, die in unmittelbarer Nähe des Klostergeländes lagen. Hübsche Papierlaternen in vielen Farben zierten die Eingänge und genau wie bei den Herbergen der Stadt gab es auch hier Frauen, die Kundschaft hereinzulocken versuchten.

Der Richter steuerte ein Theater nach dem anderen an und fragte nach dem Programm. Eine Frau sagte ihm, sie hätte Akrobaten und Seiltänzer zu bieten, und Seikei dachte, das wäre doch ein passender Ort für den Dieb. Aber der Richter schüttelte nur den Kopf und ging weiter.

In einem anderen Theater, so erfuhren sie, sei eine Kabuki-Truppe zu Gast, die an diesem Abend ein Stück namens *Die siebenundvierzig Ronin* aufführen würde. Der Richter nickte und zahlte den Eintritt für sich und Seikei. Der Theaterraum war bereits voller Menschen und die besten Plätze, auf dem Boden vor der Bühne, waren längst besetzt. Doch neben den zwei hölzernen Planken, die die Schauspieler benutzten, um auf die Bühne und wieder herunter zu gelangen, war noch ein bisschen Platz frei. Dort setzten sich Seikei und der Richter.

Laternen, die über der Bühne hingen, erhellten den Zuschauerraum. Die Menschen unterhielten sich lautstark miteinander, um die Wartezeit zu überbrücken. Für viele Zuschauer war die Reise nach Ise das aufregendste Ereignis ihres gesamten Lebens. In manchen Dörfern war es üblich, dass alle Bewohner jahrelang Geld zusammensparten, damit wenigstens einige von ihnen nach Ise pilgern konnten, und dass man dann eine richtige Ziehung veranstaltete, um die Glücklichen zu bestimmen. Die mussten dann nach ihrer Rückkehr den anderen bis ins kleinste Detail erzählen, was sie gesehen und erlebt hatten.

»Ich kenne die Handlung dieses Stückes bereits«, sagte Seikei.

»Ja, die meisten Menschen kennen sie«, entgegnete der Richter. »Aber das tut der Beliebtheit keinen Abbruch. Manche Aufführungsversionen dauern ganze drei Tage. Ich hoffe allerdings, dass wir hier nicht so lange ausharren müssen. Der Boden ist ziemlich hart.«

»Ist die Geschichte wirklich wahr, so wie es heißt?«

»Ja, und sie ist vor gar nicht allzu langer Zeit passiert«, erwiderte Richter Ooka. »Ich habe mal einen Mann getroffen, der behauptete, einen der Ronin gekannt zu haben. Aber vergiss nicht, wir sind hergekommen, um einen Verbrecher zu finden, der vielleicht einer der Schauspieler ist. Sieh dir ihre Gesichter genau an. Versuche herauszufinden, ob irgendjemand so aussieht wie der Geist, der in euer Zimmer gekommen ist, oder vielleicht wie der Akrobat, den du auf der Straße gesehen hast.«

»Warum habt Ihr ausgerechnet dieses Theater ausgesucht? In einem der anderen sollten doch Akrobaten auftreten.«

»Ich habe da so ein Gefühl, dass unser Dieb diese Geschichte ganz besonders bemerkenswert findet. Wenn du ganz aufmerksam bist, erfährst du vielleicht etwas über seinen Charakter – den Grund, warum er zum krummen Baum wurde, während andere hoch und aufrecht heranwuchsen.«

Bevor Seikei weiterfragen konnte, hörte er, wie zwei Holzklötze gegeneinandergeschlagen wurden – das Zeichen, dass das Stück beginnen würde. Ein Mann kam die Planke heruntergerannt, die vom hinteren Bereich des Theaters zur Bühne führte. Plötzlich blieb er stehen und stieß einen schrillen Schrei aus, der so laut war, dass das Publikum augenblicklich verstummte.

Der Schauspieler drehte sich herum und Seikei sah sein Gesicht. Es war ganz mit weißer Farbe bedeckt, doch seine Lippen waren blutrot und seine Augen schwarz umrandet, sodass jeder von Weitem seinen Gesichtsausdruck erkennen konnte. Der Mann verzog voller Angst den Mund und rief: »Oh, welch Entsetzliches ich gesehen habe!« Er blickte sich um, als wäre er allein. »Wer soll mir zuhören? Wohin soll ich mich wenden? Unser Fürst, unser Daimyo ist tot! Was soll ich nur tun?«

Musiker, die hinter einem Vorhang verborgen waren, fingen an zu spielen. Seikei erkannte die Saitenklänge einer Shamisen, begleitet von Trommel- und Holzklöppelschlägen. Nun erschien ein zweiter Schauspieler auf der Bühne und rief: »Was ist geschehen?« Einer nach dem anderen gesellten sich die restlichen

Akteure zu ihm, und alle trugen die zwei Schwerter, die sie als Samurai auswiesen.

Der erste Samurai, der immer noch auf der Planke inmitten des Publikums stand, begann seine Geschichte zu erzählen, und dabei weinte und schrie er und riss sich immer wieder an den Haaren.

Sein Herr, der Fürst von Ako, war nach Edo gegangen, zum Hof des Shoguns. Wie allgemein bekannt, war es eine Weisung des Shoguns, dass jeder Daimyo Japans jedes zweite Jahr in Edo leben musste. Auf diese Weise konnte der Shogun seine Männer besser im Auge behalten.

Doch dies war der erste Besuch des jungen Fürsten von Ako. Da er von weit her kam, kannte er das richtige Verhalten bei Hofe noch nicht. So redete er, wie ihm der Schnabel gewachsen war, und begriff nicht recht, wann er sich verbeugen musste oder während der Zeremonien sprechen durfte.

Einer der Beamten des Shoguns, Fürst Kira, begann sich über den Fürsten von Ako lustig zu machen. Er sei ein Landei, ein Dummkopf.

Der Fürst von Ako ignorierte die Beleidigungen so lange wie möglich, doch schließlich kam ihm zu Ohren, dass Fürst Kira seine Ehre infrage gestellt hatte.

So etwas kann kein Samurai auf sich sitzen lassen. Obwohl es verboten war, am Hof des Shoguns Waffen zu tragen, hatte der Fürst von Ako einen Dolch im Kimono versteckt. Den zog er nun und stach damit auf Fürst Kira ein.

Solch ein Gewaltakt, noch dazu am Hof des Shoguns, war ein unfassbares Verbrechen. Als der Shogun davon erfuhr, befahl er dem Fürsten von Ako, Seppuku zu begehen, Selbstmord. Kein Einspruch, kein Ausweg möglich. Der Befehl des Shoguns war Gesetz. Und so starb der Fürst von Ako durch sein eigenes Schwert. Die hölzernen Klöppel abseits der Bühne begleiteten die Geschichte seines Todes mit lautstarkem Geklapper. Die Schauspieler erstarrten in Trauer.

»Jetzt, wo unser Fürst tot ist«, rief derjenige, der die Nachricht überbracht hatte, »was soll da aus uns werden?« Er war auf dem Pferderücken aus Edo gekommen, war viele Tage ohne Pause geritten, um die anderen vom Schicksal des Fürsten in Kenntnis zu setzen.

Einer der Männer trat an den Bühnenrand. Einige Zuschauer klatschten, als sie erkannten, wen er verkörperte – den Samurai Oishi. Der Schauspieler war ein kleiner, drahtiger Mann, genau wie der Akrobat, der Fürst Hakusekis Pferd so geschickt aus dem Weg gewirbelt war. Seikei stand auf, um ihn näher betrachten zu können. Aber wegen der Schminke war es unmöglich zu sagen, ob er eine Narbe im Gesicht hatte.

Die Stimme des Schauspielers drang durch das stille Theater. »Wir sind nun Ronin«, sagte er. »Samurai ohne Führung.« Langsam tänzelte er dann über eine der Planken in die Mitte des Zuschauerraums und die Shamisen spielten dazu eine traurige Melodie. »Der Shogun wird die Ländereien unseres Herrn einem anderen Daimyo übertragen. Wir könnten hierbleiben und dem neuen Fürsten dienen. Wir könnten die Beleidigung vergessen, deretwegen unser Fürst gestorben ist.« Er hielt inne, blieb stehen und wandte sich den anderen zu.

»Wäre dies ehrenhaft?« Seine Stimme klang wie ein Donnerhall und die Trommeln lieferten das Echo.

Unwillkürlich rief Seikei, wie so viele andere Zuschauer im Publikum: »Nein! Nein!«

Der Schauspieler drehte sich langsam um sich selbst, starrte jeden Darsteller grimmig an. Seikei konnte den Blick nicht von seinem Gesicht abwenden. »Dann müssen wir übereinkommen, unser bisheriges Leben aufzugeben, unsere Familien und alles, was wir lieben. Wir dürfen uns von nun an nur einer einzigen Sache widmen – die Ehre unseres Herrn zu rächen! Und unsere eigene!«

Damit rannte er zurück auf die Bühne und wandte sich dem Publikum zu. Seine Augen glühten wild. »Seid ihr auch dieser Meinung?«, schrie er.

»Ja!«, drang es aus allen Kehlen. Dann stoben die siebenundvierzig Ronin (es waren zwar nicht so viele Schauspieler, aber jedermann wusste, dass sie für siebenundvierzig Samurai standen) nach allen Richtungen auseinander und die Bühne blieb leer zurück.

Seikeis Herz hämmerte. Er sank wieder auf den Boden zurück. Ehre! Der Kodex, dem alle Samurai folgen mussten bis zum Tod. Da der Tod jederzeit eintreten konnte, war es wichtiger, die Ehre zu bewahren als das Leben.

Und doch zeigte das Stück während der nun folgenden Stunde, wie die Ronin, die dem Fürsten von Ako gedient hatten, einer nach dem anderen dem Gedanken an Ehre abschworen. Dem zuzusehen war fast unerträglich. Oishi selbst torkelte wie betrunken auf die Bühne, die Kleider schmutzig, das Haar strähnig ins Gesicht hängend. Alkoholumnebelt fiel er zu Boden, Vorbeikommende traten nach ihm und lachten. »Zu welch jämmerlicher Kreatur dieser Oishi doch verkommen ist«, spotteten sie. »Einst hat er dem Fürsten von Ako gedient und jetzt ist er nicht mehr als ein betrunkener Narr.«

Seikei wand sich unter den Beschimpfungen, als gälten sie ihm genauso wie den siebenundvierzig Ronin. Gebannt sah er zu, wie die Schauspieler in die Rolle des jeweiligen Ronin schlüpften. Sie zogen einsam umher, trieben sich in Weinstuben herum, bettelten um ein paar Münzen und verhielten sich insgesamt auf die denkbar unehrenhafteste Weise.

Seikei konnte sich all das nur deswegen mit ansehen, weil er wusste, dass es zu Oishis Plan gehörte. Irgendwann schlurfte der letzte Ronin, gebrochen und entehrt, von der Bühne. Die Laternen wurden ausgemacht, das Theater war nun in völlige Dunkelheit getaucht. Die Musik spielte jedoch weiter, und während sie darauf warteten, dass der nächste Akt begann, aßen viele der Zuschauer, was sie mitgebracht hatten.

Doch dann leuchteten neue Laternen über der Bühne auf, weiß wie der Schein des Mondes. Papierschnipsel rieselten von der Decke. Es schneite, und das Publikum verstummte erwartungsvoll, denn dies war die Winternacht, in der die Ronin Rache nehmen würden.

Einer von ihnen tauchte aus dem Schatten auf, ganz in Schwarz gekleidet, die zwei Schwerter unter dem Gürtel. Sein Schritt war sicher und entschlossen. Ein zweiter erschien mit einer Seilleiter, die er über eine Mauer warf. Immer mehr Ronin kamen hinzu und begannen die Leiter hochzuklettern. Andere schlichen leise um die Mauer herum. Die Musik wurde immer lauter, das Publikum starrte gebannt auf die Bühne.

Die Ronin hatten sich, wie von Oishi geplant, vor dem Sitz des Fürsten Kira versammelt, des Fürsten, der ihren Herrn beleidigt und seinen Tod verursacht hatte. Schnell kam es zu Schwertkämpfen, als Fürst Kiras Samurai wach wurden und die Eindringlinge abzuwehren versuchten. Seikei keuchte, als die Klingen im Licht aufblitzten und klirrend aufeinanderkrachten. Er hatte immer davon geträumt, mal an einer solchen Schlacht teilzunehmen. Es war unglaublich, wie schnell und geschickt die Schauspieler sich bewegten. Leichtfüßig tänzelten sie über die Bühne und schwangen die Schwerter in einer Symphonie aus Schönheit und Tod.

Oishi – oder der Darsteller, der Oishi verkörperte – schien überall zugleich zu sein, er glitt über die Bühne, als hätte er Flügel, und sein silbernes Schwert zerschnitt blitzend die Luft. Zwei von Fürst Kiras Samurai trieben ihn in die Enge und stürmten nach vorn, die Schwerter erhoben, um ihm den tödlichen Hieb zu verpassen. Doch dann setzte Oishi – und die Zuschauer schnappten verblüfft nach Luft – zu einem Überschlag an, einmal, zweimal, dreimal wirbelte er nach hinten, ohne das Schwert dabei fallen zu lassen. Dann drehte er sich blitzschnell herum und brach zwischen den beiden Verfolgern hindurch. Da wusste Seikei: Das musste der Mann sein, der Fürst Hakuseki auf der Straße getrotzt hatte.

Die siebenundvierzig Ronin gingen als Sieger aus der Schlacht hervor. Bald war der Boden mit Leichen gepflastert, und die Ronin machten sich auf die Suche nach dem Mann, der der Grund ihres Besuches war – Fürst Kira. Jedes Mal, wenn sie einen Vorhang beiseitegerissen oder eine Tür aufstießen, schwoll die Musik vor Spannung an. Aber sie konnten den Fürsten nirgends finden. Ein paar Kinder aus dem Publikum zeigten plötzlich auf einen kleinen Bambusverschlag in einer Ecke der Bühne. »Dort, seht dort nach!«

Und tatsächlich! Das war Fürst Kiras Versteck – ein Abort, eine Außentoilette. Oishi riss die Tür auf und dahinter stand ein Mann in einem pupurroten Gewand. Oishi zerrte ihn heraus, und die Ronin umzingelten ihn, ein Kreis schwarzer Gestalten mit einer roten in der Mitte.

Oishis Augen leuchteten triumphierend. »Erkennt Ihr uns wieder? Wir sind die treu ergebenen Männer des Fürsten von Ako. Wir haben seine Entehrung durch Eure Hand miterlitten. Und wir haben es nicht vergessen.«

Er hielt Fürst Kira sein eigenes langes Schwert hin, direkt unters Kinn. »Ihr habt nur eine Chance, Eure Ehre zu retten. Dies ist das Schwert, mit dem mein Fürst sich selbst getötet hat. Ich habe es benutzt, um ihn zu rächen. Nehmt es nun, nehmt es und setzt Eurem Leben ein Ende, so wie ein Samurai es tun sollte.«

Die silberne Klinge schimmerte im Licht. Fürst Kira hob den Blick, in seinen Augen Todesangst. Er war eindeutig nicht würdig, ein Samurai zu sein. Feige wand er sich aus Oishis Griff und machte den Mund auf, als wollte er um Hilfe rufen. Die Musik wurde immer lauter, klang bald wie ein schriller Schrei und verstummte dann schlagartig.

Bevor Fürst Kira einen Ton von sich geben konnte, hob Oishi das Schwert und schlug dem Daimyo mit einem einzigen Hieb den Kopf ab.

Das Publikum kreischte. Die Gestalt im roten Gewand sank zu Boden. Oishi griff nach unten und hielt den abgetrennten Kopf hoch. Eine Sekunde lang dachte Seikei, der Kopf wäre echt, doch dann sah er, dass es sich um einen Lumpenball handelte, aus dem rote Farbe auf den Boden tropfte.

Rasch wurde der Kopf in einen Korb gepackt, mit dem die Ronin nun die Bühne verließen.

Doch das war noch nicht das Ende der Geschichte, wie Seikei wusste. Die Musik spielte weiter, während die Laternen erneut ausgetauscht wurden. Dann erschienen wieder die Ronin, die mit dem Korb zum Hof des Shoguns unterwegs waren.

Dem Shogun brachten alle Respekt und Furcht entgegen. Alle Ideale eines Samurai waren in ihm vereint, aber er herrschte mit eiserner Faust über Japan. Die siebenundvierzig Ronin knieten vor ihm nieder, und noch einmal erzählte Oishi die Geschichte von der Entehrung seines Fürsten und von der Art, wie er und die anderen Ronin ihn gerächt hatten.

Der Shogun – mit Helm und lederner Rüstung eine prächtige Erscheinung – hörte schweigend zu. Als Oishi geendet hatte, wartete das Publikum gespannt darauf, dass der Shogun zu sprechen begann.

Schließlich erhob er sich von seinem Sitz. »Ihr habt ehrenhaft gehandelt«, sagte er. »Ihr habt getan, was jeder Samurai tun sollte. Und dennoch ... kann ich nicht zulassen, dass ein Daimyo getötet wird, ohne dass darauf eine Bestrafung folgt. Ich habe keine Wahl.«

Er senkte den Kopf. »Ihr wisst, was der Ehrenkodex verlangt. Ihr seid damit entlassen.«

Nach und nach, während der Shogun und seine Gefolgsleute die Bühne verließen, wurden die Laternen gelöscht. Nur die Ronin blieben stehen, unter dem einzigen Licht, das jetzt noch leuchtete.

Die Musiker spielten ihre ergreifendste Melodie, als die siebenundvierzig Ronin ihre Schwerter zogen. So mancher Zuschauer weinte, und Seikei wünschte insgeheim, die Geschichte könnte einen anderen Schluss haben.

Aber es gab keinen anderen. Die Samurai begingen Seppuku, indem sie sich ihr Schwert in den Leib stießen. Leblos sanken sie zu Boden. Als Letzter fiel Oishi selbst. Er wandte die lodernden Augen dem Publikum zu und rief: »Vergesst uns niemals! Denn wir sind der Geist Japans!«

Die letzte Laterne erlosch in dem Augenblick, als er das Schwert gegen sich selbst richtete. Einen Moment herrschte völliges Schweigen, dann setzten die unsichtbaren lauten Holzklöppel wieder ein – und schlugen siebenundvierzig Mal gegeneinander. Die Musik begann zu spielen und die Lichter wurden angemacht. Die Bühne war leer, doch das Publikum fing so heftig an zu klatschen, dass die Darsteller zurückkamen, um den Applaus in Empfang zu nehmen.

Seikei reckte sich so weit wie möglich vor, um den Schauspieler zu sehen, der Oishi dargestellt hatte. Der Mann stand in der Mitte der Bühne und verbeugte sich lächelnd. Aber er war einfach zu weit weg, als dass Seikei hätte sagen können, ob er der Mann war, den er auf der Tokaido-Straße gesehen hatte. »Wohin gehen die Schauspieler nach dem Stück?«, fragte er Richter Ooka.

»Das weiß ich nicht. Warum willst du das unbedingt wissen?«

»Am besten wir folgen ihnen und sehen nach, wie der Mann ohne Schminke aussieht.«

Der Richter gähnte. »Das Stück war sehr lang und ich bin müde. Wieso übernimmst du das nicht allein und berichtest mir hinterher, was du herausgefunden hast?«

Seikei starrte ihn ungläubig an. Er konnte es nicht fassen. Dabei hatte der Richter dieses Theater doch selbst ausgewählt! Dieser Mann konnte der Dieb sein, hinter dem sie her waren!

Vielleicht wollte der Richter aber auch nur Seikeis Mut auf die Probe stellen. Wenn dem so war, dann würde er sich jetzt beweisen müssen.

Seikei begann sich einen Weg zur Bühne zu bahnen.

Die schwimmende Welt

Seikei hatte Mühe, sich durch die Menge zu kämpfen, die aus dem Theater strömte. Als er schließlich die Bühne erreichte, war niemand mehr da. Er kletterte hinauf und ging hinter den Vorhang, der die Musiker verdeckt hatte.

Und schon steckte er mitten im Gewühl aus Schauspielern, die ihre Kostüme ablegten, Musikern, die ihre Instrumente wegpackten, und anderen Mitgliedern der Kabuki-Gruppe, die die Requisiten einsammelten. So sehr Seikei auch Ausschau hielt, der Mann, der Oishi gespielt hatte, war nirgends zu sehen.

Einer der Schauspieler nahm seinen Helm ab und reichte ihn beiläufig Seikei. Der nahm ihn, ohne sich viel dabei zu denken.

Sein Blick fiel auf einen Jungen in seinem Alter, der die Helme in eine Truhe packte. Seikei ging zu ihm und legte den Helm, den er eben von dem Schauspieler bekommen hatte, obendrauf.

»Doch nicht so!«, sagte der andere Junge. »Ich muss sie schließlich alle reinbekommen.« Er nahm Seikeis

Helm und verstaute ihn geschickt in dem Stapel. Dann sah er Seikei an.

»Wer bist du? Ich hab dich hier noch nie gesehen.«

»Ich suche den Schauspieler, der Oishi gespielt hat«, erklärte Seikei. »Ich ... ich habe eine Nachricht für ihn.«

Der Junge schnaubte. »Von einer Frau, nehme ich an. Tja, jedenfalls ist er weg. Hat wie üblich nicht mal sein Kostüm ausgezogen.« Der Junge zwinkerte Seikei zu. »Er geht gern in der Stadt damit spazieren und tut so, als wäre er ein Samurai. Ich muss nachher wieder los, um es zurückzukriegen. Und sauber werde ich es bestimmt auch machen müssen. Wahrscheinlich landet er wieder in irgendeiner Taverne und betrinkt sich.«

Seikei überlegte. »Wenn ich dir hier helfe, hilfst du mir dann, den Oishi-Darsteller zu finden?«

Der Junge zuckte mit den Schultern. »Warum nicht? Du kannst ja mal ein paar Kostüme einsammeln. Die Schauspieler werfen sie immer einfach auf den Boden und wenn sie vor der nächsten Aufführung zerknittert sind, bin natürlich ich schuld.«

Während Seikei die Kostüme einsammelte, erfuhr er, dass der Junge Kazuo hieß. Er beklagte sich zwar ständig über die Schauspieler, aber es war nicht zu übersehen, wie stolz er war, zur Truppe zu gehören. »Sind deine Eltern auch Schauspieler?«, fragte Seikei.

Kazuo schüttelte lächelnd den Kopf. »Hab keine Eltern. Ich bin schon mein Leben lang im Kabuki. Tomomi sagt, man hätte mich als Säugling in einer

Truhe mit Kostümen gefunden.« Er zuckte mit den Schultern. »Vielleicht bin ich ja eine Figur aus einem Stück, die plötzlich zum Leben erwacht ist«, sagte er. »Irgendwann lassen sie mich sicher auf die Bühne, denn ich weiß, dass es mir bestimmt ist, Schauspieler zu werden. Und irgendwann, wenn Tomomi sich zur Ruhe gesetzt hat, möchte ich Oishi spielen.«

»Tomomi? Ist das der Name des Schauspielers?«, fragte Seikei.

»Zumindest nennt er sich selbst Tomo Tomomi«, erwiderte Kazuo. »Aber wer weiß schon, wie er wirklich heißt? Wie Tomomi immer sagt – im Kabuki kann jeder zu dem werden, der er sein möchte.«

Kazuo machte die letzte Kostümtruhe zu und schloss sie ab. Alle anderen hatten das Theater längst verlassen. »Willst du jetzt los, um ihn zu suchen?«

Seikei nickte.

»Wahrscheinlich ist er irgendwo in der schwimmenden Welt«, sagte Kazuo.

Seikei sog scharf die Luft ein. Die schwimmende Welt! Das waren die Häuser, deren Lichter weit in die Nacht hineinleuchteten. Das Vergnügungsviertel, in dem schöne Geishas zum Klang ihrer Shamisen sangen, Sake ausschenkten und denjenigen Trost spendeten, die eine Abwechslung von ihrem tristen Alltagsleben brauchten. Seikeis Vater wäre entsetzt gewesen, wenn er gewusst hätte, dass sein Sohn sich dort herumtreiben wollte.

»Gehen wir«, sagte Seikei.

Die Straßen von Ise lagen nun still und dunkel da. Die Pilger reihten sich immer schon früh am Morgen in die langen Schlangen vor den Schreinen ein. Nun hatten sich die meisten von ihnen längst in ihre Herbergen zurückgezogen oder lagen schnarchend auf dem Gelände des Klosters.

Kazuo allerdings führte Seikei in einen Teil der Stadt, in dem immer noch warme Lichter in den Fenstern glühten und verlockende Musik aus den Häusern drang.

Seikeis Nacken kribbelte, als er plötzlich hinter sich Schritte hörte. Er wirbelte herum.

Eine dunkle Gestalt schob sich in den Schatten eines überhängenden Daches. Hatte Seikei es sich nur eingebildet oder trug die Gestalt wirklich einen Korb über dem Kopf?

»Wir werden verfolgt«, flüsterte Seikei Kazuo zu.

Kazuo sah nach hinten, aber die Gestalt war verschwunden. »Das sind nur deine Nerven.«

In der Tat war Seikei ziemlich aufgeregt, als sie auf den Eingang eines der Häuser zuhielten. Er sah zu den leuchtenden Papierfenstern hin und versuchte sich vorzustellen, was dahinter vor sich ging. Als sie auf die Schwelle traten, schob eine ältere Frau die Tür auf und sah sie missbilligend an.

Seikei starrte auf ihren Kimono. Selbst im schwachen Licht konnte er erkennen, dass er aus wunderschöner blauer Seide gemacht war, so wie sie die reichsten Frauen in Osaka für ihre Gewänder benutzten. »Ihr gehört nach Hause und ins Bett«, fuhr die Frau sie an.

»Ich gehöre zur Kabuki-Truppe«, entgegnete Kazuo. »Ich bin auf der Suche nach einem Schauspieler.«

Die Frau schnaubte. »Hier sind keine Schauspieler. Dies ist ein ehrenwertes Haus. Nur Samurai haben Eintritt.«

»Er kleidet sich wie ein Samurai«, beharrte Kazuo. »Brauner Kimono mit weißen Stickereien. Er hat eine Narbe im Gesicht, genau hier.« Kazuo fuhr sich mit einem Finger über die Wange.

»Oh«, sagte die Frau. »Du meinst Tomomi.«

»Ganz recht. Ist er da?«

»Nicht heute Abend. Ich wusste gar nicht, dass er wieder in der Stadt ist.« Sie deutete die Straße hinunter. »Versuch es da drüben, in dem Haus mit der grünen Laterne. Das ist die Art von Haus, die Tomomi aufsuchen würde.«

Diesmal war es eine junge Frau, die ihnen öffnete. Ihr Kimono war nicht so fein wie der der alten Dame und das hochgesteckte Haar war leicht zerzaust. Als sie die Jungen sah, legte sie sich eine Hand über den Mund und kicherte.

»Wir sind auf der Suche nach Tomomi«, sagte Kazuo schnell. »Ist er hier?«

Die Frau sagte nichts, sondern trat nur zur Seite und deutete hinter sich ins Haus. Kazuo und Seikei zogen ihre Sandalen aus und tappten in Socken über den Holzboden.

Sie gingen an mehreren Türen vorbei, hinter denen heitere Musik und Gelächter zu hören waren. Schwere Weihrauchschwaden zogen durch die Räumlichkeiten. Kazuo lauschte kurz an jeder Tür, schüttelte dann den Kopf und ging weiter.

Schließlich kamen sie an die letzte Tür, durch die eine laute Männerstimme zu ihnen drang. Tomomi! Kühn schob Kazuo einfach die Tür auf und ging hinein. Seikei folgte ihm.

Der Mann, den Seikei nun als Tomomi kannte, lag auf einem großen Kissenberg. Er trug immer noch das Kostüm des Samurai Oishi, doch sein Haarknoten war heruntergerutscht. Er hatte seinen Obi gelockert und die zwei Schwerter abgelegt, die nun ordentlich neben ihm ruhten, genauso, wie ein echter Samurai sie hingelegt hätte.

Drei junge Frauen knieten um ihn herum. Es waren Geishas, Frauen, die jahrelang dazu ausgebildet wurden, Männer mit Musik und Gesprächen zu erfreuen. Eine spielte ihre Shamisen, eine andere hielt ein Tablett mit kleinen Schälchen in den Händen. Die dritte massierte Tomomi die Füße.

Tomomi hatte gerade aus einem Buch vorgelesen, doch als die Tür aufglitt, sah Seikei, wie die Miene des Schauspielers plötzlich gefror und seine Augen sich verdüsterten. Sofort kampfbereit zuckte seine Hand zu den Schwertern hin, aber dann erkannte er Kazuo.

»Aha, du hast mich also gefunden«, sagte er. Sein Blick wanderte zu Seikei. »Und wer ist das?« Tomomis

Lächeln war freundlich, aber Seikei wusste, dass der Mann ihn sehr eindringlich beobachtete.

»Jemand, der eine Nachricht für Euch hat«, antwortete Kazuo.

Tomomi musterte Seikei mit einem dunklen, bedrohlichen Blick von oben bis unten. »Er trägt ein Schwert«, sagte er. »Komm näher, Junge.«

Seikei war, als würde er von der Stimme vorwärtsgezogen. Schon bei der Theateraufführung hatte er selbst von Weitem die Macht dieser Stimme gespürt. Und jetzt, von Angesicht zu Angesicht, kam ihm Tomomi wie ein Dämon vor, der ihn in seinen Bann ziehen wollte.

»Ein schönes Stück Holz«, sagte Tomomi mit einem Blick auf Seikeis Schwert. »Woher hast du es?«

»Von meinem Herrn«, erwiderte Seikei, ohne nachzudenken.

»Und er schickt dich mit einer Nachricht zu mir? Wie lautet sie?«

Fieberhaft versuchte Seikei, sich etwas einfallen zu lassen. »Er … er hat Eure Aufführung sehr bewundert«, stammelte er.

Tomomi legte grinsend den Kopf schief. »Soso … Und er hat dich geschickt, nur um mir das zu sagen? Wie ist der Name deines Herrn?«

Seikei zögerte. Sollte er bei der Wahrheit bleiben? Der Richter hatte ihm nicht gesagt, was er tun sollte, wenn er Tomomi fand. Aber vor Tomomis Blick gab es kein Entrinnen.

»Der Samurai Richter Ooka«, antwortete er also.

Tomomi warf den Kopf in den Nacken und begann so schallend zu lachen, dass es durch das ganze Haus dröhnte und die papierenen Wände zwischen den Zimmern erzittern ließ.

»Der dicke alte Narr«, prustete Tomomi und wischte sich die Augen. »Er schickt einen Jungen auf die Suche nach mir?«

Seikei schämte sich und war wütend zugleich. Seine Hand glitt zum Griff seines Schwerts.

»Aha!«, sagte Tomomi, dem die Bewegung nicht entgangen war. »Du willst also kämpfen? Bist wohl ein ausgebildeter Samurai? Von Geburt an dazu erzogen, den Weg des Kriegers zu gehen?« Wie eine träge Katze setzte er sich auf und griff nach einem seiner eigenen Schwerter, dem langen. »Dann wollen wir mal unsere Kräfte messen.«

»Das Schwert ist nicht echt«, raunte Kazuo Seikei zu. »Nur ein Theaterrequisit.«

»Nicht echt?«, wiederholte Tomomi. »Echt genug. Ein Samurai kann damit heftige Schläge austeilen und Blut spritzen lassen.« Er stand auf, das Schwert in der Hand, und stemmte die Füße fest auf den Boden. Die drei Frauen um ihn herum sahen sich ängstlich an und zogen sich sogleich zurück. Eine wagte sich nach vorn und legte Tomomi eine Hand auf den Arm, doch er schüttelte sie ab.

In Tomomis Augen lag Spott. »Bist du bereit, deine Ehre zu verteidigen?«

Seikei nickte entschlossen, obwohl seine Hände vor Furcht bebten. Es wäre unehrenhaft gewesen, solch eine Herausforderung abzulehnen. Er zog das Schwert aus dem Obi, wohl wissend, dass ein Samurai es auch einsetzen musste, wenn er es erst einmal gezückt hatte.

Seikei erinnerte sich an die vorgeschriebene Art, eine Herausforderung anzunehmen, und verbeugte sich. »Ich bin Seikei, Sohn von Konoike Toda und Gefolgsmann des Samurai Ooka. Kommt und nehmt meinen Kopf, wenn Ihr könnt.«

Tomomis Augen blitzten. »Na so was – wie ehrenhaft du bist! Wie herrlich unschuldig! Ich fühle mich genötigt, deinem Beispiel zu folgen.« Er verbeugte sich ebenfalls. »Ich bin Genji, Sohn des Daimyo Takezaki Kita. Nachkomme eines adeligen Hauses und dennoch zu einem heimatlosen Schauspieler degradiert, der sich Tomomi nennt.«

Er sah in die Runde und seine Stimme schwoll an, fast als stünde er auf der Bühne. »Ja, dies ist meine wahre Herkunft«, sagte er zu den drei Frauen, die sich in einer Ecke drängten. Tränen rannen ihm über die Wangen. »Seht mich an! Entehrt, aber dazu verpflichtet, meine Ehre zu rächen.« Er rieb sich die weiße Theaterschminke aus dem Gesicht.

Da sah Seikei die Narbe. Tomomi war also wirklich der Mann, den er auf der Tokaido-Straße gesehen hatte und der Fürst Hakuseki so verhöhnt hatte!

Tomomi berührte seine Narbe mit dem Finger. »Ich habe mein Leben der Aufgabe gewidmet, dies hier zu rächen. Und jetzt – sie haben mir einen Jungen gesandt, der gegen mich kämpfen soll!« Mit einem lauten Schrei riss er plötzlich das Schwert hoch und stürzte nach vorn.

Die Klinge, auf Seikeis Kopf ausgerichtet, pfiff, als Tomomi sie durch die Luft schwang. Unwillkürlich hob Seikei sein eigenes Schwert, um den Schlag zu parieren. Das metallene Schwert traf auf sein hölzernes – und zerbrach. Sirrend flogen die Bruchstücke durch den Raum. Die Frauen rannten kreischend zur Tür.

Seikei stand stumm, das Schwert immer noch erhoben. Er begriff kaum, was geschehen war. Tomomi starrte auf den zerbrochenen Stumpf in seiner Hand. Dann warf er ihn beiseite und griff mit beiden Händen nach Seikeis Schwert. Der Junge wurde nach hinten geschleudert, hielt das Schwert aber mit aller Kraft umklammert.

Gegen Tomomi kam Seikei allerdings nicht an. Im Gerangel spürte er mit jeder Faser seines Körpers die unglaubliche Kraft dieses Mannes. Er war wie ein Dämon! Schließlich entriss Tomomi Seikei das Schwert, und Seikei stürmte nach vorn, um es sich zurückzuholen. Tomomi wich zur Seite aus, Seikei erwischte seinen Kimono und riss ihn auf.

Eine silberne Kette blitzte an Tomomis Hals auf, und daran hing ein Kreuz, an das ein Mann mit ausgebreiteten Armen genagelt war. Seikei blinzelte. Er wusste, was dieses Symbol bedeutete. »Ihr seid ein Kirishitan!«, rief er aus.

Hastig zog Tomomi sein Gewand zu. In dem Augenblick stürmten zwei stämmige Männer ins Zimmer. »Hier wird nicht gekämpft!«, brüllten sie. Einer zeigte auf Seikei. »Du! Raus!«

Mit diesen Worten packte er Seikei und warf ihn sich über die Schulter. Seikei sah, wie Tomomi mit dem Holzschwert auf den anderen Mann losging, doch der Hieb schien den Gegner nur noch wütender zu machen. Er griff Tomomi beim Kragen und zerrte ihn aus dem Raum.

Wenige Augenblicke später landeten die beiden auf der Straße. Kazuo folgte ihnen auf eigenen Füßen. »Ihr seid ein Idiot!«, schrie er Tomomi an. »Ihr habt Euer Schwert zerbrochen und jetzt werde ich dafür zur Rechenschaft gezogen werden!«

Tomomi wischte sich den Staub vom Kimono. Er schwankte leicht, und Seikei erkannte, dass er wahrscheinlich vom Wein betrunken war. »Aber ich hab doch jetzt ein neues Schwert. Das hier.« Er hielt Seikeis Schwert hoch.

»Das ist meins!«, schrie Seikei. »Gebt es mir sofort zurück!«

Tomomi grinste. »Ich habe es dir im Kampf abgenommen. Jetzt gehört es mir. Und muss ich dich noch daran erinnern, was ein Samurai zu tun hat, wenn er sein Schwert verliert?«

Seikei fühlte, wie seine Knie weich wurden. Er wusste, was ein entehrter Samurai tun musste – sich durch ein zeremonielles Seppuku selbst töten.

Er schluckte. »Ich habe kein Schwert mehr, mit dem ich mir das Leben nehmen könnte«, sagte er. »Gebt Ihr mir eins.«

Tomomi begann wieder so laut zu lachen, dass sein Echo in der dunklen Straße widerhallte. Er schlug Seikei auf den Rücken. »Hai! Du hast ja wirklich Ehre in den Knochen. Ein geringerer Mann, ganz zu schweigen von einem Jungen, hätte jetzt zu wimmern angefangen, er sei gar kein Samurai. Du bist nämlich gar keiner, nicht wahr?«

Seikei schüttelte den Kopf. Jedermann konnte ihm ansehen, dass er nur der Sohn eines Händlers war. »Trotzdem muss ich das Schwert zu meinem Herrn zurückbringen. Er hat es mir anvertraut.«

»Woran er recht getan hat«, sagte Tomomi. Er warf Seikei einen verschlagenen Blick zu. »Aber bevor ich es dir zurückgebe, musst du etwas für mich tun. Bist du dazu bereit?«

Seikei zögerte. Was würde der Richter wohl denken, wenn er nicht zur Herberge zurückkehrte? »Ich werde nichts Unehrenhaftes tun«, antwortete er.

Tomomi nickte. »Das versteht sich von selbst.«

»Was wollt Ihr von mir?«, fragte Seikei.

»Das lasse ich dich morgen Früh wissen. Kommt jetzt, wir müssen uns zur Ruhe begeben.«

Seikei folgte ihm und Kazuo durch die Straßen. Und irgendwo hinter ihm, tief in der Dunkelheit verborgen, konnte er den Klang einer Flöte hören.

Ein Opfer für Amaterasu

Seikei schlug die Augen auf und blickte direkt auf einen Mann, der mit Schwertern jonglierte. Er zählte die durch die Luft blitzenden Klingen – drei, vier, fünf! Die Hände des Jongleurs schienen sich kaum zu bewegen, und doch schaffte er es, die Schwerter als endlosen Reigen um seinen Kopf herumwirbeln zu lassen. Er sah auf Seikei herunter. »Endlich wach, du Schlafmütze? Ich habe gehört, du warst die ganze Nacht mit Tomomi unterwegs.«

Tomomi! Schlagartig fiel Seikei wieder ein, was in der vergangenen Nacht geschehen war. Was der Richter wohl gedacht hatte, als Seikei nicht zurückgekehrt war? Und was noch schlimmer war … Seikei tastete nach der Stelle an seiner Hüfte, an der er normalerweise sein Schwert trug …

Er stand auf und sah sich in dem großen Raum um, der aus wenig mehr als einem Dach und einem mit dünnen Strohmatten bedeckten Boden bestand. Ein Mönch teilte Schalen mit Reis aus, mehrere Dutzend Männer und Jungen ließen sich das karge Frühstück bereits schmecken. Seikei erkannte einige der Darsteller aus der Aufführung vom Vortag.

Der duftende Reis erinnerte Seikei daran, wie groß sein Hunger war. Aber das hatte Zeit. Wo war Tomomi, wo Seikeis Schwert? Tomomi hatte versprochen, es ihm zurückzugeben. Wenn nicht, würde Seikei dem Richter nie mehr unter die Augen treten können. Er hatte gerade begonnen, in Gedanken ein Gedicht über seine Notlage zu verfassen, da tippte ihm jemand auf die Schulter.

Es war Kazuo. Er hielt Seikei eine Schüssel mit Reis und zwei Essstäbchen hin. »Habe ich dir aufgehoben. Diese gierigen Schweine würden sogar ihre Mutter verhungern lassen. Hauptsache, ihr eigener Bauch ist gefüllt.«

Seikei verbeugte sich. »Danke, aber ich muss unbedingt Tomomi finden.«

»Erst isst du etwas«, beharrte Kazuo. »Tomomi ist zum Schrein von Amaterasu gegangen, um ihr eine Opfergabe zu bringen. Aber in der Menschenmenge findest du ihn nie. Was soll überhaupt diese Eile? Er kommt ja zurück. Wir müssen uns bald wieder auf den Weg machen. In zwei Tagen sollen wir nämlich in Edo sein.«

Seikei war zu hungrig, um zu widersprechen. Er nahm die Reisschale und begann zu essen.

Plötzlich schoss ihm jedoch ein Gedanke durch den Kopf. »Wieso will Tomomi denn im Schrein ein Opfer bringen?«

Kazuo zuckte mit den Schultern. »Aus demselben Grund, aus dem jeder andere der Göttin Opfer bringt. Er will Amaterasus Segen haben.«

»Aber er ist doch ein Kirishitan. Du hast …«

»Ja, ich weiß«, sagte Kazuo. »Er trägt diese gekreuzten Leisten mit dem draufgenagelten Mann. Der Gott der Kirishitan. Wie kann man denn einem Gott huldigen, der sich an ein Kreuz nageln lässt, frage ich dich. Weißt du, was ich glaube?«

»Was?«, fragte Seikei mit vollem Mund.

»Wahrscheinlich trägt Tomomi das Ding nur, um anders zu sein. Bei den anderen Schauspielern ist er nicht besonders beliebt, obwohl sie wissen, dass er am besten spielt und auch unsere Stücke schreibt. Er ist ziemlich eigen, bildet sich sonst was ein. Immer wieder zieht er mitten in der Nacht los, um irgendjemanden zu treffen. Aber vor dem Kampf gegen dich letzte Nacht hab ich noch nie gehört, dass er sich als Sohn eines Daimyo ausgegeben hätte.«

»Wieso sollte der Sohn eines Daimyo …«, begann Seikei, brach dann aber ab.

Kazuo nickte. »Schon gut, ich weiß, was du denkst. Was hat er bei einem Wandertheater verloren? Schauspieler sind nun mal nicht besonders hoch angesehen, nicht wahr?«

Seikei schüttelte den Kopf. »Ich bin der Sohn eines Händlers und uns blickt jeder mit Verachtung an.«

»Ein Händler?« Kazuo betrachtete ihn neugierig. »Wieso trägst du dann ein Schwert wie ein Samurai?«

Seikei holte tief Luft. Er hatte Angst, kindisch zu wirken, aber Kazuo war so ehrlich und offenherzig, dass Seikei hoffte, nicht ausgelacht zu werden. »Es war schon immer mein größter Traum, ein Samurai zu werden«, gestand er.

Kazuo riss die Augen auf. »Ah! Aber das ist unmöglich. Das weißt du doch. Jeder wird da geboren, wo er hingehört. Was würde passieren, wenn jeder irgendwas werden wollte, was ihm nicht zusteht? Es gäbe überall nur Krieg und Durcheinander und alle würden leiden.«

»Das sagt mein Vater auch.« Seikeis Stimme klang enttäuscht.

»Wenn ich einen Händler zum Vater hätte«, fuhr Kazuo fort, »würde ich versuchen, ihn stolz zu machen, indem ich der beste Händler würde, den es gibt.«

Seikei dachte daran, was der Richter über den knorrigen Baum abseits der Straße gesagt hatte. Den Baum, der dort wuchs, wo er nicht hingehörte. Sollte das eine Lektion für Seikei gewesen sein?

Er stellte seine leere Schüssel ab. »Ich muss jetzt Tomomi finden.«

»Er wird bestimmt bald zurückkommen«, sagte Kazuo. »Wieso willst du Ärger suchen, wenn der Ärger ohnehin von selbst kommt?«

»Ich muss mir mein Schwert zurückholen«, erklärte Seikei und stürmte nach draußen.

Sofort war er von einer großen Menschenmenge umgeben. Pilger jeden Alters und jeder sozialen Herkunft drängten sich um ihn. Manche waren sichtlich von Krankheiten gezeichnet und in der Hoffnung auf Heilung hergekommen. Mütter trugen ihre Säuglinge auf dem Rücken herbei, um sie der Göttin zu zeigen. Alte Frauen und Männer wurden von ihren Kindern und Enkelkindern gestützt. Ob Reich oder Arm, von bescheidenem oder adeligem Stand – es war, als wäre halb Japan unterwegs, um sich den Segen von Amaterasu zu holen.

Kazuo hatte Recht. In dieser Menschenmasse war die Suche nach Tomomi aussichtslos. Dennoch ließ sich Seikei vom Pilgerstrom in Richtung des aus Holz gebauten Hauses treiben, in dem der Geist von Amaterasu weilte. Pausenlos war lautes Klatschen zu hören. Wenn die Pilger durch den Torii, das große Eingangstor zum Schreinbereich, gingen, klatschten sie in die Hände, um die Aufmerksamkeit der Göttin auf sich zu lenken.

Seikei tat es ihnen gleich. *Amaterasu*, betete er, *hilf mir, meine Ehre zu bewahren. Lass mich bitte mein Schwert zurückerobern.*

Er reckte sich, um über die Menschenmenge hinwegzusehen. Auf der hölzernen Veranda des Schreins standen mehrere weiß gekleidete Shinto-Priester. Niemandem außer ihnen war es erlaubt, das Innere des Schreins zu betreten.

Bedächtig wedelten sie den Vorbeiziehenden glimmende Weihrauchstäbe entgegen. Die Pilger streckten die Hände aus, um den duftenden Rauch, dem Heilkräfte nachgesagt wurden, aufzufangen und über ihren Körper zu verteilen. Seikei sah, wie sich eine Mutter, die ein Kind ohne Beine im Arm trug, bemühte, in die Nähe des Rauchs zu gelangen. Er hörte, wie einige Menschen vor Glück aufschrien oder leise weinten, wenn der Rauch sie streifte.

Schließlich erreichte auch die Gruppe, in der Seikei mitlief, die Stufen des Schreins. Seikei sah mehrere große Schalen, die vor Münzen und anderen Opfergaben nur so überquollen. Viele Familien hatten frisch geerntetes Gemüse und Obst mitgebracht. Ein kleines Mädchen legte eine Zwiebel in eine der Schalen, ein betagter Bauer einen Kürbis, der so eine ungewöhnliche Form hatte, dass der Mann überzeugt war, ein Kami hause darin. Handwerker boten ihre schönsten Arbeiten dar – Statuen von Amaterasu, kunstvoll geflochtene Matten, Stoffe, Papierfächer und Schirme. Auch eine kleine Puppe, die von einem Mädchen dagelassen worden sein musste, ragte zwischen den anderen Opfergaben hervor.

Seikei dachte an Michiko und war froh, dass sie ihn jetzt nicht sehen konnte. Entehrt durch den Verlust seines Schwertes! Wenn es ihm nicht gelang, es wiederzubekommen, gab es nur noch einen ehrenhaften Ausweg – sich selbst zu töten. Das jedenfalls würde ein Samurai tun.

Plötzlich spürte er, wie ihn jemand am Ellbogen packte. Er drehte sich um. Tomomis Augen funkelten auf ihn herab. »Ich dachte, du würdest schon früher kommen«, fuhr er ihn an. »Faulheit ist eine schlechte Eigenschaft für jemanden, der ein Samurai sein will.«

»Betrug auch«, gab Seikei heftig zurück. Er zeigte auf sein Schwert, das unter Tomomis Gürtel steckte. »Und Diebstahl ebenso.«

»Das war kein Diebstahl«, widersprach Tomomi. »Ich habe es dir im Kampf abgenommen.«

»Und was ist mit dem Edelstein von Fürst Hakuseki?«, sagte Seikei.

Tomomi riss die Augen auf und zog die Stirn in Falten. »Woher weißt du davon?«, fragte er leise.

Seikei ahnte, dass es ein Fehler gewesen war, den Stein zu erwähnen. »Ich ... ich habe die Nacht, in der er gestohlen wurde, in der Herberge verbracht«, stammelte er. »Aber er wurde wiedergefunden«, fügte er hastig hinzu. »Im Zimmer des Papiermachers.«

Tomomi legte den Kopf schief und musterte ihn misstrauisch. »Ich habe so das Gefühl, als hätte ich dich vor gestern Abend schon mal irgendwo gesehen. Wenn der Edelstein gefunden wurde, wieso hast du ihn dann jetzt erwähnt? Wolltest du mich eines Verbrechens bezichtigen, das ich nicht begangen habe?«

Seikei fühlte sich, als würden ihn die stechenden Augen des Mannes aufspießen. Verzweifelt suchte er nach einer Antwort.

»Ach lass nur«, sagte Tomomi mit einem Schulterzucken. »Wie es scheint, hat das Schicksal es so gewollt, dass du das hier siehst.« Er griff in sein Gewand und holte etwas hervor. Dann hielt er Seikei die geballte Faust unter die Nase und hob langsam einen Finger nach dem anderen an.

In Tomomis Handfläche lag rot funkelnd der Edelstein. Seikei rang nach Luft. Licht strömte aus dem Stein, ergoss sich wie Blut über Tomomis Hand. Der hier war garantiert nicht aus Glas! Seikei verstand nun endlich, was die Leute an Edelsteinen so faszinierte. So schön wie der Rubin in Tomomis Hand musste er sein, der uralte Stein, der sich angeblich im Schrein von Ise befand – der Stein, den der erste Kaiser vor langer, langer Zeit von Amaterasu höchstpersönlich bekommen hatte, als Zeichen ihres Segens.

Tomomi schien zu wissen, was Seikei dachte. »Eine Opfergabe, die der Göttin würdig ist, nicht wahr?«, sagte er.

Seikei blickte ihn erstaunt an. Was sollte das bedeuten? Wahrscheinlich war das wieder einer seiner grausamen Scherze. Doch schon im nächsten Moment wirbelte Tomomi herum und warf den Rubin unter Seikeis Blick in eine der Opferschalen am Fuße der Stufen. Der Stein kullerte vom Münzstapel und blieb am Rand der Schale liegen.

Es kostete Seikei all seine Kraft, ruhig zu bleiben.

Am liebsten hätte er in die Schale gegriffen und den Rubin wieder herausgeholt. Doch er riss sich zusammen.

Tomomi lächelte, als sonnte er sich im Applaus eines unsichtbaren Publikums. Langsam zog er das Schwert aus seinem Gürtel. »Hier, du hast mir gedient und jetzt komme ich meinem Teil der Abmachung nach.« Damit wandte er sich ab und wollte gehen.

Seikei packte ihn am Arm. »Wartet. Ich verstehe nicht. Womit hab ich Euch gedient?«

»Geh zurück und erzähl deinem Herrn, was du gesehen hast. Das reicht.« Er schüttelte Seikeis Hand ab und verschwand eilig in der Menge.

In Seikeis Kopf drehte sich alles, während er sein Schwert zurück in den Gürtel schob. Er hatte zwar herausgefunden, wer der Juwelendieb war, aber der hatte den Stein hier abgelegt. Und er wollte, dass der Richter davon erfuhr. Warum? Wollte er sein Verbrechen wieder gutmachen? Aber warum gab er den Stein dann nicht dem Eigentümer zurück? Und wieso hatte er ihn überhaupt erst gestohlen?

Seikei betrachtete den Rubin, der im Sonnenlicht funkelte. Am Abend würden die Shinto-Priester ihn mit den restlichen Opfergaben einsammeln. Seikei beschloss, sofort zu Richter Ooka zu gehen. Vielleicht gab es ja einen Weg, den Stein zurückzubekommen.

Er wollte sich beeilen, doch die Menschenmasse war so dicht, dass er nur langsam vorankam. Immer noch strömten unaufhörlich Pilger zum Schrein. Diejenigen, die schon da gewesen waren, schoben sich in die andere Richtung zum geheiligten Hain. Schmale Papierstreifen flatterten an den Ästen der vielen hohen Zedern, die um den Schrein herum wuchsen. Auf die Streifen hatten die Menschen kleine Nachrichten geschrieben, an Amaterasu gerichtete Bitten.

Amaterasu! Sie hat mir meinen Wunsch erfüllt!, schoss es Seikei plötzlich durch den Kopf. Er wandte sich wieder dem Schrein zu und klatschte in die Hände. »Amaterasu!«, rief er. »Ich danke dir! Danke, dass du mir geholfen hast, meine Ehre zu retten.«

Ein schwerer Weg

Schließlich schaffte es Seikei wieder zum Torii hinaus und rannte den Hügel hinunter Richtung Stadt. Er kannte sich im Labyrinth der Straßen nicht aus, und so dauerte es einige Zeit, bis er das Teehaus wiederfand. Eilig zog er die Sandalen am Eingang aus und hastete hinein.

Er lief den Flur entlang zu dem Zimmer, das er und der Richter bewohnt hatten. Doch plötzlich tauchte der Hausbesitzer auf und versperrte ihm den Weg.

»Ich bin mit Richter Ooka hier«, erklärte Seikei.

Der Mann schüttelte den Kopf. »Der Richter ist abgereist. Das hier hat er für dich dagelassen.« Er reichte ihm ein gefaltetes Blatt.

Seikei las die Nachricht, die auf dem Papier stand: *Folge dem richtigen Pfad.*

Seikei starrte einige Sekunden lang auf den Zettel, dann drehte er ihn herum, um zu sehen, ob auf der Rückseite noch etwas geschrieben stand. Aber nichts, nicht einmal der Name des Richters oder sein Siegel.

»Wann ist er abgereist?«, erkundigte er sich.

»Sehr früh am Morgen. Du musst dich beeilen, wenn du ihn noch einholen willst.«

Seikei verließ das Teehaus und blieb draußen auf der Straße verwirrt stehen. War der Richter etwa wütend auf ihn? Dann fiel ihm etwas ein: die Pferde! Bestimmt hatte Richter Ooka Seikeis Pferd zurückgelassen, damit er ihm folgen konnte.

Die Suche nach dem Stall kostete ihn weitere wertvolle Zeit. *Das soll mir eine Lehre sein*, dachte Seikei. *Ich muss noch aufmerksamer werden, auf jede Kleinigkeit achten.*

Mit jedem Schritt wurde seine Sorge größer. Es war bereits nach Mittag, und er musste dem Richter unbedingt noch vor dem Abend von dem Rubin erzählen, denn dann würden die Opfergaben eingesammelt. Was war nur geschehen, dass Richter Ooka so überstürzt abgereist war?

Endlich fand Seikei den richtigen Stall. Doch der Besitzer schüttelte nur den Kopf. »Der Samurai hat beide Pferde mitgenommen. Auf dem einen saß er, das andere führte er mit sich.«

»War er in Eile?«, erkundigte sich Seikei, doch der Mann zuckte nur mit den Schultern.

Seikei dachte an die Nachricht des Richters. Was meinte er wohl mit dem richtigen Pfad? Bestimmt die Straße nach Edo. Seikei erinnerte sich daran, dass der Richter seinem Vater versprochen hatte, ihm seinen Sohn in Edo heil wiederzugeben. Er schnürte den Obi enger und machte sich auf den Weg.

Immer wieder fragte er sich, warum der Richter ihn wohl allein zurückgelassen hatte. Vielleicht war er zornig, weil Seikei am Abend zuvor nicht wiedergekommen war. Aber wenn er damit rechnete, dass Seikei in Gefahr sein konnte, wieso suchte er dann nicht nach ihm? Bei dem Gedanken daran wurde Seikei böse, doch dann fielen ihm die Zeilen aus dem Buch des berühmten Samurai Daidoji Yuzan wieder ein: »Die Pflicht eines Kriegers, seinen Herrn zu respektieren, kennt keine Ausnahme.« Seikei streckte den Rücken durch und entschuldigte sich stumm bei Richter Ooka. Er würde dem Pfad folgen, und zwar ohne Fragen, ohne Klagen!

Am späten Nachmittag erreichte er die Stelle, an der sich die Straße aus Ise und die Tokaido-Straße kreuzten. Er nahm die Route Richtung Nordosten, Richtung Edo. Vom Weg abzukommen war hier unmöglich. Auf der Hauptstraße wimmelte es nur so von Menschen.

Zu Fuß würde er bis Edo mindestens zwei Tage brauchen. Und wo sollte er übernachten? Am Straßenrand zu schlafen war gefährlich. Nachts trieben sich hier haufenweise Räuber und anderes Gesindel herum, die nur darauf warteten, Schwache und Hilflose auszurauben. Seikei tastete nach seinem Schwert. Natürlich würde er sich verteidigen, wenn er angegriffen würde, aber die Erfahrung des vergangenen Abends, an dem es einem Schauspieler mit einem unechten Schwert gelungen war, ihn zu entwaffnen, hatte sich in seine Erinnerung gebrannt.

Seikei sah gen Himmel – die Sonne senkte sich bereits zum Horizont. Wie weit war es wohl zur nächsten Stadt? Hätte er doch nur besser aufgepasst, als sein Vater ihm die Straßenkarte gezeigt hatte! Er musterte die Gesichter der Vorbeigehenden, hielt nach jemandem Ausschau, dem er vertrauen konnte. Ein junges Paar trug zwischen sich eine Stange, an der eine hölzerne Truhe hing. Wahrscheinlich enthielt sie Waren, die die beiden zu verkaufen hofften.

»Entschuldigung«, sagte Seikei. »Könntet Ihr mir vielleicht sagen, wie weit es zur nächsten Stadt ist?«

Der Mann blickte ihn misstrauisch an. »Zwei Ri«, brummte er. Seine Frau raunte ihm etwas ins Ohr und er nickte. Dann beschleunigten die beiden den Schritt, doch Seikei folgte ihnen. Er musste unbedingt herausfinden, ob es in der nächstgelegenen Stadt einen buddhistischen Tempel gab, in dem er übernachten konnte.

Als der Mann sah, dass Seikei ihnen folgte, blickte er über die Schulter zurück und stieß seine Frau an. Sie blieben stehen. »Wir müssen rasten«, murmelte der Mann.

Seikei sah nach hinten. Ein Trupp grobschlächtiger Zimmerleute schloss zu ihnen auf, die Werkzeuge über die Schulter geschwungen. Das Paar blieb auf der Straße stehen, bis die Zimmerleute sie eingeholt hatten, dann sagte der Mann etwas zu ihnen und die Handwerker starrten zu Seikei herüber. Einer holte einen schweren Holzhammer aus dem Gürtel und klatschte sich damit in die Handfläche.

»Du gehst jetzt besser weiter«, sagte der Zimmermann zu Seikei. »Bei diesen anständigen Leuten ist nichts zu holen.«

Seikei erschrak. Sie hielten ihn tatsächlich für einen Dieb! »Ich bin ein Gefolgsmann von Richter Ooka«, wehrte er sich empört.

Die Zimmerleute lachten. »Aber sicher. Was soll der denn mit jemandem wie dir anfangen? Such dir mal schön eine ehrliche Arbeit so wie wir.«

Damit machten sich die Handwerker wieder auf den Weg. Seikei blieb wie betäubt zurück und starrte ihnen hinterher.

Irgendwann sah er an sich herunter. Seine Kleidung war vom Kampf gegen Tomomi schmutzig und zerknittert. Sein Obergewand und das Beinkleid ließen ihn wie einen der herrenlosen Samurai aussehen, die durch Japan zogen und sich hin und wieder dem Verbrechen verschrieben, wenn sie keinen Daimyo fanden, der sie einstellen wollte. Seikei rieb sich das Gesicht. Gewaschen hatte er sich an diesem Morgen auch nicht.

Dann machte er sich wieder auf den Weg. Zwei Ri waren nicht allzu weit. Mit dem Kago konnten sein Vater und er an einem Tag zehn schaffen. »Es ist viel sicherer und bequemer, in einem Kago zu reisen«, klangen in seinem Kopf die Worte seines Vaters wider. »Wenn du jemals einen weiten Weg zu Fuß hättest zurücklegen müssen, wüsstest du dies jetzt mehr zu schätzen.«

Nun, dachte Seikei, *jetzt ist es wohl so weit – jetzt habe ich die Gelegenheit, die Landschaft zu Fuß zu erkunden. Ich sollte das Beste daraus machen.*

Die Straße wand sich durch Ackerland, auf den Feldern arbeiteten Leute, die sich mit kegelförmigen Strohhüten vor der Sonne schützten. Es war ein friedlicher Anblick, und er half Seikei, seine Probleme eine Zeit lang zu vergessen.

Doch auf einmal schlackerte ihm seine Sandale um den Fuß. Er sah nach unten – ein Riemen war gerissen. Er versuchte, ihn zu verknoten, doch er war zu ungeschickt – der Knoten wollte einfach nicht halten.

Er zog beide Sandalen aus und ging barfuß weiter. Aber schon bald hatte die steinige Straße ihm die Füße wund gescheuert. Er erinnerte sich selbst daran, dass ein Samurai für seinen Herrn jede Mühsal ertragen musste, und zwang sich weiterzulaufen. Doch jeder Schritt war noch schmerzvoller als der vorhergehende, und als er schließlich einen Blick nach unten warf, sah er, dass seine Füße bluteten.

Er setzte sich unter einen Baum am Straßenrand. Die Sonne war mittlerweile untergegangen und nur noch wenige Menschen waren auf der Straße unterwegs. Seikei rupfte eine Handvoll Gras aus und wischte sich damit über die Füße. Das Gras war kühl und beruhigte die wunde Haut. Dann legte er sich rücklings auf den Boden. Schmutziger, als er ohnehin schon war, konnte er ja nicht mehr werden. Vielleicht war es doch nicht so gefährlich, hier zu übernachten.

Er konnte sich auch im Getreidefeld neben der Straße verstecken.

Plötzlich drang der Klang einer Flöte an sein Ohr. Seikei richtete sich auf und sah den Komuso mit dem Korb auf dem Kopf auf sich zukommen. War er derselbe Mann, den er schon mal gesehen hatte? Schwer zu sagen. Als der Mann bei Seikei ankam, blieb er stehen und blickte auf den Jungen herab. Er spielte eine lustige Melodie und irgendwie hatte Seikei das Gefühl, als würde der Komuso ihn auslachen. Er zwang sich aufzustehen. »Wer seid Ihr?«, fragte er. »Was wollt Ihr?«

Der Mann hörte kurz auf zu spielen und deutete auf die Straße. Dann drehte er Seikei den Rücken zu und ging weiter.

Seikei wollte ihm nachlaufen, doch sobald er den ersten Fuß auf die Straße setzte, schoss ihm sofort wieder der Schmerz bis in die Knochen.

»Warum helft Ihr mir nicht?«, schrie Seikei, aber der Komuso beachtete ihn nicht.

Wenn er auf dem Gras neben der Straße lief, stellte Seikei fest, war das Gehen erträglich. Aber immer wieder standen ihm Bäume im Weg und sie zu umgehen kostete viel Zeit.

Zu seiner Rechten lag ein Hirsefeld, aus dem auf einmal aufgeregtes Hundegebell zu hören war. Erst leise, dann immer lauter. Wenige Augenblicke später schoss ein Hund aus dem Feld und baute sich wild kläffend vor Seikei auf.

Der Junge erstarrte. Er tat einen Schritt in Richtung Straße, doch das Tier stellte sich ihm in den Weg und fletschte knurrend die Zähne. Seikei tastete nach seinem Schwert und überlegte, wer wohl schneller sein würde, er und sein Schwert oder der Hund und seine messerscharfen Zähne. Doch bevor er weiter darüber nachdenken konnte, hörte er jemanden rufen: »Inu! Inu!«

Gleich darauf tauchte ein Junge auf und legte einen Arm um den Hund. Ängstlich sah er Seikei an. »Entschuldige bitte. Inu ist darauf abgerichtet, die Felder zu bewachen. Manchmal versuchen Diebe uns die Hirse zu stehlen.« Er hielt inne, und Seikei merkte, wie der Junge abschätzig seine schmutzige Kleidung betrachtete. »Was ist mit deinen Füßen passiert?«, fragte er. Er lockerte den Griff um den Hund und das Tier begann sofort wieder zu knurren.

»Mein Riemen ist gerissen«, erklärte Seikei. Er sah auf die Holzsandalen, die der Junge an den Füßen trug. »Würdest du vielleicht deine Geta gegen meine Sandalen tauschen?«

Der Junge beäugte ihn misstrauisch, als würde er eine Falle wittern. Seikeis Vater hatte seinem Sohn erzählt, dass die Bauern dachten, alle Städter seien Diebe. Was es sehr schwer machte, ihnen das Getreide zu einem fairen Preis abzukaufen.

»Meine Sandalen sind aus Leder«, fuhr Seikei fort. Er hielt dem Jungen die heil gebliebene Sandale hin. »Sie sind viel mehr wert als deine Geta.«

Der Junge nahm die Sandale in die Hand und untersuchte sie mit prüfendem Blick. Dann reichte er sie Seikei zurück. »Ich habe keine Verwendung dafür«, sagte er. »Für die Feldarbeit sind sie nicht zu gebrauchen. Außerdem«, fügte er mit einem verschmitzten Lächeln hinzu, »hast du doch gesagt, dass eine kaputt ist.«

»Ja, die hier.« Seikei zeigte ihm die andere Sandale. »Du kannst sie sicher schnell reparieren. Nur der Riemen ist gerissen.«

»Wieso machst du sie dann nicht selber wieder heil?«, fragte der Junge.

Seikei ließ beschämt den Kopf hängen. »Weil ich anscheinend zu dumm bin, um einen richtigen Knoten hinzukriegen.«

Der Junge lachte und Seikei lief rot an. »Lass mich mal sehen.« Der Junge tätschelte dem Hund den Kopf und sagte beruhigend: »Ja, alles in Ordnung, Inu.« Wenige Augenblicke später hatte er den gerissenen Riemen wieder zusammengeknotet. »Das müsste eine Weile halten«, sagte er und gab Seikei die Sandale zurück.

Seikei schlüpfte hinein. Ja, das würde halten. Er verbeugte sich. »Ich stehe in deiner Schuld«, sagte er. »Aber unglücklicherweise habe ich nichts, was ich dir dafür anbieten könnte.«

Der Junge musterte Seikeis Schwert. *Wer so etwas trägt*, dachte er wohl, *hat doch bestimmt auch Geld.* Aber dann zuckte er nur mit den Schultern. »Du solltest jetzt besser weitergehen«, sagte er. »Nachts sind auf der Straße viele Räuber unterwegs und die werden dir die Kleider und das Schwert abnehmen, wenn du schon nichts anderes hast.«

Das ließ sich Seikei nicht zweimal sagen. Seine Füße schmerzten zwar noch, aber mit den Sandalen kam er nun doch wieder schneller voran. Trotzdem waren die zwei Ri zu Fuß etwas ganz anderes als in einem Kago. Lange nach Einbruch der Dunkelheit erreichte er endlich die Stadt. Auf einer Hügelkuppe angekommen, erblickte er die tröstlichen Laternen der Häuser und Herbergen.

Als er näherkam, hörte er Trommel- und Gongschläge. Eine kleine Truppe Unterhalter führte auf der Hauptstraße ihre Kunststücke vor.

Gegenstände wirbelten durch die Luft und blitzten im Schein der Lampen auf – jemand jonglierte anscheinend mit Schwertern.

Seikei schob sich an den Rand der Zuschauermenge. Das Publikum lachte und klatschte in die Hände. Plötzlich tippte ihm jemand auf die Schulter. »Bist du das wirklich, Seikei?«

Es war Kazuo. »Du siehst ja schrecklich aus. Was ist denn geschehen? Tomomi wollte mir nichts sagen. Ich dachte, du wolltest zurück zu deinem Herrn.«

»Ich folge dem Pfad … ich meine, meinem Herrn«, antwortete Seikei matt. Seine Knie zitterten, und jetzt merkte er erst, dass er schier am Verhungern war. »Kazuo, bitte, hättest du vielleicht etwas zu essen für mich?«

»Ha!« Kazuo schnaubte. »Was ist das bloß für ein Herr, der seinen Diener hungern lässt? Komm mit. Aber wenn du mit uns reisen willst, wirst du dir deinen Unterhalt selber verdienen müssen.«

Eine neue Rolle

Da die kleine Stadt keinen Tempel hatte, der ihnen Unterkunft geboten hätte, schlugen die Schauspieler ihr Lager diesmal hinter einem Stall auf. Und dann teilten sich alle einen großen Topf mit warmem Reis und Fisch. Seikei kam das Essen vor wie die beste Mahlzeit, die er jemals genossen hatte. Als seine Schale leer war, lehnte er sich zurück und hörte den Gesprächen und dem Gesang der Schauspieler zu. Über ihm am Himmel leuchteten die Sterne. Ganz allmählich fielen ihm die Augen zu.

Das Nächste, was er wahrnahm, war Kazuo, der an ihm rüttelte. Die Sterne waren verschwunden, der Himmel vom Schein der aufgehenden Sonne rosafarben gestreift. Obwohl Seikei immer noch die Füße wehtaten und seine Beine steif waren, folgte er Kazuo zu einem in der Nähe plätschernden Bach, wo Kazuo sich die Kleider auszog und ins Wasser sprang. Schnell tat Seikei das Gleiche. Das Wasser war eiskalt, aber er war froh, sich den Schmutz der Straße endlich abwaschen zu können.

Nach dem Baden wusch Kazuo einige der Kostüme und breitete sie auf großen Felsen zum Trocknen aus. »Diese Stadt ist zu klein, als dass es sich lohnen würde, eine Aufführung anzusetzen«, erklärte er. »Wir führen nur ein paar Kunststücke vor, um etwas Geld in die Kasse zu bekommen. Aber in einigen Tagen sind wir in Edo und dann beginnt das Bon-Fest. Tomomi sagt, bis dahin hat er ein ganz neues Stück fertig, das wir aufführen können.«

»Er schreibt es selbst?« Seikei war beeindruckt.

»Er schreibt alle unsere Stücke. Das beliebteste ist natürlich *Die siebenundvierzig Ronin*. Es gibt viele Kabuki-Truppen, die die eine oder andere Version der Geschichte aufführen. Aber Tomomis Variante ist die beste, findest du nicht?«

»Es ist jedenfalls die beste, die ich je gesehen habe«, antwortete Seikei und verschwieg lieber, dass es auch die einzige war. »Worum geht es in dem neuen Stück?«

»Das verrät Tomomi noch keinem. Er liebt Überraschungen. Er probt mit jedem Schauspieler einzeln, sodass keiner das ganze Stück kennt. Er selbst übernimmt natürlich die Hauptrolle. Wie immer.«

Seikei stieg aus dem Wasser und trocknete sich ab. Während er sich anzog, sagte Kazuo: »Wie ich sehe, hast du dein Schwert zurück. Was musstest du dafür tun?«

Seikei zögerte. Wie viel wusste Kazuo über den Rubin? »Ich musste Zeuge sein, wie er Amaterasu im Schrein ein Opfer brachte.«

Kazuo sah ihn ungläubig an. »Und das war alles?«
Seikei zuckte mit den Schultern.

»Na ja, vielleicht wollte er dir nur beweisen, dass er kein Kirishitan ist«, mutmaßte Kazuo. »Ist das der Grund, warum dieser Richter, dein Herr, ihn im Auge behalten will?«

Die Frage war Seikei unangenehm. Er dachte an den wahren Grund, warum er Tomomi im Auftrag des Richters nachspüren sollte – um herauszufinden, warum er zum krummen Baum geworden war. »Nein«, sagte er schließlich. Und irgendwie war er sich sicher, dass Kazuo unmöglich etwas mit dem Diebstahl zu tun haben konnte.

»Warst du beim Kontrollpunkt kurz vor Kameyama in Tomomis Nähe?«, fragte er. »Hast du gesehen, was Tomomi da gemacht hat?«

Kazuo runzelte die Stirn. »Kameyama? Wie viele Tage ist das her?«

Seikei zählte nach. »Drei.« War es wirklich erst drei Tage her? Seitdem war so viel passiert.

»Ach ja, ich erinnere mich«, sagte Kazuo. »Da hatte Tomomi mal wieder eine seiner verrückten Launen. Er tat so, als wäre er ein Bettler, und stellte sich einem Daimyo entgegen. Wir waren halb verrückt vor Angst und dachten, gleich würde er sicherlich seinen Kopf einbüßen.«

»Ja, genau das meine ich. Was ist dann am folgenden Abend passiert, in der Stadt? Weißt du das noch? War da irgendwas Außergewöhnliches?«

»Mal überlegen. Wir haben ein Stück aufgeführt, in dem es um Selbstmord aus Liebe geht. Du weißt schon, wo zwei Leute sich lieben, aber ihre Familien ihnen nicht erlauben zu heiraten, und dann bringen sie sich um. Ich werde nie verstehen, warum sie nicht einfach nachgeben und die Partner heiraten, die ihre Familien für sie ausgesucht haben. Verstehst du das?«

»Ich meine danach«, drängte Seikei etwas ungeduldig. »Was war nach der Aufführung?«

»Also, wir haben im buddhistischen Kloster übernachtet. Und ein gutes Abendessen haben wir auch bekommen. Mit Garnelen und so. Ein Bootsmann hatte dem Kloster nämlich eine so große Fangladung geschenkt, dass die Mönche sie an die Reisenden verteilt haben.«

»Nein, ich will wissen, was mit Tomomi war«, hakte Seikei nach.

Kazuo zuckte mit den Schultern und legte sich einen Finger an die Nase. »Soweit ich mich erinnere, ist er weggegangen, um einen Freund zu besuchen – er kennt sehr viele Leute entlang der Straße –, und trug dabei wie üblich sein Kostüm. Aber als er wiederkam, war er von oben bis unten voller Schlamm. Ich dachte, das kriege ich nie wieder sauber, aber dann hab ich es doch geschafft. Ein Glück. Er will das Kostüm nämlich im neuen Stück auch wieder anziehen.«

Voller Schlamm, dachte Seikei. Er erinnerte sich an den Tunnel unterhalb der Herberge, durch den er gekrochen war. Jetzt war er sich fast sicher, dass Tomomi den Edelstein gestohlen hatte. Aber wieso hatte er das getan, wenn er ohnehin vorhatte, ihn in Ise zu opfern? Seikei wünschte, er könnte auf der Stelle dem Richter erzählen, was er alles herausgefunden hatte.

Als die Kostüme getrocknet waren, half Seikei Kazuo, sie ordentlich zusammenzulegen. Dann kehrten sie zur Truppe zurück, die sich bereits wieder reisefertig machte. Als Tomomi Seikei erblickte, kam er auf ihn zu. »Ich habe dir doch gesagt, du sollst wieder zu deinem Herrn gehen«, sagte er. »Hast du ihm berichtet, was du gesehen hast?«

Seikei schüttelte den Kopf. »Er war schon weg, als ich ankam«, gestand er. »Darf ich mit Euch reisen?«

Tomomi lachte. »Warum nicht? Kazuo kann Hilfe gut gebrauchen und vielleicht können wir auch noch andere Aufgaben für dich finden.«

Seikeis Magen zog sich zusammen. Was waren das wohl für Aufgaben, von denen Tomomi sprach?

Kazuo gab ihm ein Paar Strohsandalen, die zum Laufen viel besser geeignet waren. Je höher die Sonne am Himmel stieg, desto mehr wich die Steifheit aus Seikeis Gliedern. In Begleitung der Truppe kam ihm die Reise weniger beschwerlich vor. Die Schauspieler hatten ein altes Pferd, das sie mit den Requisitentruhen beluden, und vertrieben sich die Zeit beim Gehen mit Singen, Witzeerzählen und Textproben.

Gegen Mittag blieben sie an einem der vielen Essensstände, die den Straßenrand säumten, stehen. Tomomi bot sich an, die Mahlzeit der gesamten Truppe durch ein kleines Kunststück zu verdienen. Doch der Verkäufer schüttelte gelangweilt den Kopf. »Akrobaten habe ich schon mehr als genug gesehen. In den letzten Tagen sind mehrere Dutzend auf dem Weg nach Edo hier vorbeigekommen.«

»Wie wäre es dann mit einem Schwertkampf?«, schlug Tomomi vor.

Die Augen des Mannes leuchteten auf. »Ja, das wäre interessant anzusehen.«

Tomomi nickte Kazuo zu, der schnell die Truhe mit den Schwertern öffnete. Tomomi teilte sie unter den Schauspielern aus. »So«, wandte er sich an den Standbesitzer. »Diese fünf Männer sind nun Eure treu ergebenen Samurai. Sie werden Euch gegen meinen Angriff verteidigen. Aber wenn ich es schaffe, die Verteidigung zu durchbrechen, gebt Ihr uns allen Suppe aus.«

Der Mann lachte. »Aber sie werden Euch gewinnen lassen.«

Tomomi verbeugte sich tief. »Darüber urteilt Ihr selbst.«

Die fünf Schauspieler bauten sich in einem Halbkreis um den Stand auf. Tomomi trat auf die Straße zurück, ein langes Schwert in der rechten Hand, ein kurzes in der linken. Plötzlich stürmte er nach vorn und die fünf Männer umringten ihn. Ihre Schwerter durchschnitten die Luft, doch Tomomi parierte jeden ihrer Hiebe. Auf einmal tänzelte er kurz nach hinten, dann zur Seite und stach dabei auf einen der Männer ein, der ihm zu nahe gekommen war. Der Schauspieler fiel mit einem Schrei zu Boden, während die verbliebenen vier Tomomi vorsichtig umkreisten.

Seikei sah fasziniert zu. Er hatte Tomomis Fähigkeiten schon bei der Aufführung der *Siebenundvierzig Ronin* auf der Bühne bewundern dürfen, aber so aus der Nähe betrachtet war der Mann noch viel erstaunlicher. Jeder Schritt war flink und sicher gesetzt wie bei einem Tänzer. Seine Hände bewegten sich mit unglaublicher Anmut und Schnelligkeit, mal verteidigend, mal angreifend. Seine Schwerter wirbelten durch die Luft, fällten einen zweiten Gegner, dann einen dritten.

Schon bald hatte Seikei vergessen, dass es nur eine Aufführung war, der er zuschaute, denn die Schreie der zu Boden geschlagenen Männer hörten sich vollkommen echt an. Tomomis letzte zwei Gegner teilten sich auf und kamen bedrohlich von beiden Seiten auf ihn zu. Es schien unausweichlich zu sein, dass einer von ihnen Tomomi einen Hieb versetzen würde. Aber als sie sich zeitgleich auf ihn stürzten, duckte sich Tomomi geschickt zu Boden und wich damit beiden vorschnellenden Schwertern aus, bevor er blitzartig wieder aufsprang und herumwirbelte. In der gleichen Sekunde trafen seine Schwerter die Gegner im Nacken.

Tomomis triumphierende Augen blitzten wie die eines Irren. Er ging zu dem Standbesitzer, streckte das lange Schwert aus und berührte ihn mit der Klinge seitlich am Hals. Der Mann riss ängstlich die Augen auf. »Euer Kopf?«, sagte Tomomi. »Oder die Suppe? Haltet Ihr Euch an die Abmachung?«

»Ja, natürlich, Herr«, flüsterte der Mann, und die Schauspieler erhoben sich vom Boden, als würden sie von den Toten auferstehen. Der Standinhaber beeilte sich, ihnen die Schalen zu füllen.

Tomomi drückte Seikei beiläufig seine Schwerter in die Hand. »Pack auch die anderen zusammen und leg sie in die Truhe«, befahl er. »Dann kannst du auch essen.«

Als sie wieder auf der Straße waren, gesellte sich Seikei zu Tomomi. »Dann stimmt es also, Ihr seid wirklich ein Samurai, nicht wahr?«, fragte er.

Tomomi drehte kaum wahrnehmbar den Kopf zur Seite. »Nein, ich bin nur ein Schauspieler«, antwortete er kühl.

»Wer ist dann Genji, der Sohn von Takezaki Kita?«

Tomomis Augen blitzten ihn eisig an. »Woher kennst du diesen Namen?«

»Ihr selbst habt ihn erwähnt. In der schwimmenden Welt.«

»Ich muss betrunken gewesen sein«, wiegelte Tomomi ab. »Vergiss den Namen. Das war mal eine Figur in einem Stück.«

»Nur ein Mann, der zum Samurai geboren ist, kann so gewandt mit einem Schwert umgehen wie Ihr«, beharrte Seikei.

»Glaub das nicht.« Tomomi schüttelte den Kopf. »Niemand bekommt durch Geburt die Fähigkeit geschenkt, mit einem Schwert umzugehen – es zählt allein der Befehl des Shoguns, dass nur ein Samurai eins tragen darf. Mit einem Schwert geschickt umzugehen, ist wie jonglieren oder ein Instrument spielen. Man lernt durch Übung.« Er sah Seikei verschlagen an. »Ich könnte es dir beibringen.«

Seikei standen die Haare zu Berge. »Und was müsste ich dafür tun?«

»Nicht viel. Vielleicht eine Rolle in dem Stück übernehmen, das ich geschrieben habe.«

Seikei holte tief Luft. »Ihr meint, ich soll spielen? Auf der Bühne?«

»Es wird in keinem Theater sein und das Publikum wird auch nicht sehr zahlreich sein«, erklärte Tomomi. »Es wird dir sicher nicht schwerfallen.«

Seikei zögerte und überlegte. Der Richter hatte gesagt, er müsse zum Baum werden, um den Dieb dingfest zu machen. Mittlerweile wusste Seikei, dass der Mann neben ihm der Gesuchte war. Wie es schien, musste er, um dem richtigen Pfad zu folgen, zum Schauspieler werden, um Tomomis Vertrauen zu gewinnen. Also stimmte er schließlich zu.

Unter der Maske des Komuso

Je näher sie Edo kamen, desto dichter waren die Kontrollpunkte gesät. Meistens wurden allerdings diejenigen Reisenden kontrolliert, die in die andere Richtung unterwegs waren.

Der Shogun wollte, dass alle Daimyo und ihre Familien jedes zweite Jahr in Edo verbrachten, damit er sie besser unter Kontrolle hatte. Obwohl die Fürsten als ›Gäste‹ des Shoguns galten, waren sie in Wirklichkeit eher Geiseln – Garanten dafür, dass kein Daimyo eine Samurai-Armee aufstellen und gegen die Regierung in den Kampf ziehen konnte. Die Straßenkontrollpunkte rund um Edo sollten verhindern, dass die Frauen und Kinder der Daimyo sich ohne Erlaubnis aus der Stadt stahlen.

Am Nachmittag, als die Schauspieltruppe gerade in der Schlange vor einem Kontrollpunkt wartete, begann es zu regnen. Viele Menschen öffneten Schirme aus Ölpapier, die mit ihren frischen Farben wie blühende Frühlingsblumen wirkten. Die Darsteller der Kabuki-Gruppe hingegen besaßen nur die Schirme, die sie auf der Bühne einsetzten, und die waren für echte Regengüsse viel zu empfindlich.

Die Schlange schob sich nur langsam vorwärts und schon bald war Seikei bis auf die Knochen durchnässt. Seine Kleidung klebte ihm eiskalt auf der Haut. Wieder musste er an den Kago denken, in dem er warm und trocken hätte sitzen können.

Aber das spielte jetzt keine Rolle. *Ein Samurai muss jede Mühsal in Kauf nehmen und das bisschen Regen macht mir nichts aus,* sagte er sich. Sein Herr, Richter Ooka, hatte ihn ermahnt, den richtigen Pfad zu wählen. Und Seikei hatte herausgefunden, wer der Dieb war, doch nun hing sein eigenes Überleben von der Gnade des Diebes ab. Plötzlich schoss ihm ein schrecklicher Gedanke durch den Kopf. *Vielleicht sehe ich weder den Richter noch meinen Vater jemals wieder.*

Er biss die Zähne zusammen und versuchte, diese Gedanken zu vertreiben. *Folge dem richtigen Pfad.* Aber war dies wirklich der richtige Pfad?

Am Abend schließlich schleppte sich die Truppe den steilen Bergweg hinauf, der zur Stadt Hakone am Ufer des Ashi-Sees führte. Die Sonne ging gerade in leuchtenden Farben über dem Wasser unter. Doch Seikei hatte dafür keinen Blick. Er sah nichts außer schiefergrauen Wolken, die sich immer weiter verdunkelten. Das passte perfekt zu seiner Stimmung.

In Hakone fanden sie einen Theaterbesitzer, der gern einwilligte, die Truppe unter seinem Dach ein Stück aufführen zu lassen.

»Wir haben nur wenig Vorbereitungszeit«, drängte Tomomi die Schauspieler. »Also werden wir nur ein einfaches Drama auf die Bühne bringen, das sich schon oft bewährt hat. Holt die Kostüme für den Selbstmord aus Liebe heraus.«

Während die Darsteller sich fertig machten, wurden Seikei und Kazuo ausgeschickt, um die Kunde von der Aufführung zu verbreiten und Zuschauer ins Theater zu locken. Kazuo wies Seikei die Herbergen auf der einen Straßenseite zu, er selbst übernahm die andere.

»Was genau soll ich denn tun?«, fragte Seikei.

»Sag jedem, den du triffst, dass es im Theater eine Aufführung von *Der Doppelselbstmord von Sonezaki* geben wird. Es ist ein sehr bekanntes Stück. Selbst die Bauern kommen gewöhnlich, um es sich anzusehen. Schleich dich in die Herbergen und schrei es laut in den Flur.«

»Aber stört das denn nicht die Gäste?«

Kazuo schüttelte ungehalten den Kopf. »Wen kümmert das schon? Mehr als rausschmeißen können sie dich nicht. Sorge einfach nur dafür, dass dich alle hören.«

Schüchtern näherte sich Seikei der ersten Herberge. Zwei hübsche junge Frauen standen vor dem Eingang und versuchten, Reisende hereinzulocken. Seikei begriff, dass sich seine Aufgabe gar nicht so sehr von der ihren unterschied. Sein Vater hatte Herbergen, die mit solchen Methoden arbeiteten, einmal als minderwertig bezeichnet.

Die Frauen beachteten ihn nicht, als er an ihnen vorbeischlich. Aber als er oben an der Treppe ankam, verstellte der stämmige Gastwirt ihm den Weg. »Willst du hier nächtigen?«, fragte er.

»Es wird ein Stück aufgeführt«, erwiderte Seikei und versuchte, die Stimme zu heben, sodass er auch im Haus gehört wurde. *»Der ... Die Doppelliebe von Sonezaki.* Ich meine, *Der Doppelselbstmord.* Im Theater. Gleich die Straße hinunter.« Er brachte es einfach nicht über sich, zu schreien, und da wurde ihm klar, dass ihn außer dem Gastwirt niemand gehört haben konnte.

Der Mann schubste Seikei die Treppe hinunter, sodass er beinahe gestürzt wäre. »Verschwinde!«, rief er.

»Der Doppelselbstmord von Sonezaki!«, schrie Seikei, lauter diesmal, weil er wütend war. »Kommt in Scharen herbei!«

Der Gastwirt warf mit einem Stein nach ihm. Als Seikei an den beiden Frauen vorbeirannte, musste er feststellen, dass deren Stimmen lauter waren als seine eigene.

Niedergeschlagen schlich er zur nächsten Herberge. Hier standen keine Frauen vor der Tür und das Haus sah um Längen eleganter aus als das erste. Sicher würde man ihn hinauswerfen, sobald er einen Fuß auf die Schwelle gesetzt hatte.

Er zog die Schultern hoch und ging zögernd die Treppenstufen hinauf. Bevor er anklopfen konnte, wurde die Tür auch schon geöffnet und ein Komuso erschien, einen Korb über dem Kopf. Seikei fragte sich, ob dies vielleicht derselbe Mann war, den er schon einmal auf der Straße nach Edo gesehen hatte.

Der Komuso hob die Hand und bedeutete Seikei hereinzukommen. Misstrauisch trat der Junge einen Schritt zurück. Es würde wohl besser sein, gleich zur nächsten Herberge zu gehen. Aber als er sich wegdrehen wollte, stürzte der Komuso sich wie ein Dämon auf ihn, packte ihn mit beiden Händen und wuchtete ihn sich so mühelos auf die Schulter, als wäre er ein Sack Reis.

Seikei wand und wehrte sich, aber gegen die Kräfte des Mannes hatte er keine Chance. Während er ins Haus geschleppt wurde, sah er, wie Kazuo in ein Teehaus auf der anderen Straßenseite ging. Er wollte um Hilfe schreien, aber der Komuso legte ihm eine Hand auf den Mund.

Der Eingangsbereich der Herberge war menschenleer. Niemand bemerkte, wie der Komuso Seikei einen Flur hinunterschleifte. Ohne ein Wort öffnete der Mann eine Tür und ließ den Jungen unsanft zu Boden fallen. Sofort sprang Seikei auf die Füße und griff nach seinem Schwert, fest entschlossen, sich den Weg in die Freiheit zu erkämpfen.

»Halt!«, ertönte in diesem Moment eine laute Stimme. Seikei erstarrte. Dann drehte er sich langsam herum. Richter Ooka saß gelassen auf einer Matte, eine dampfende Teekanne neben sich. Seikei brachte vor Erstaunen kein Wort heraus.

»Ich dachte, du wüsstest, dass ein Samurai sein Schwert benutzen muss, wenn er es erst gezogen hat«, ermahnte ihn der Richter streng.

»Ich hatte auch vor, es zu benutzen«, erwiderte Seikei. Er deutete auf den Komuso. »Der Mann wollte mich ausrauben.«

»Unsinn«, sagte der Richter. »Du hast doch gar nichts, was er dir stehlen könnte. Wieso konntest du nicht gelassen abwarten, wohin er dich bringen würde? Du solltest dich bei ihm entschuldigen. Knie dich hin und bitte ihn um Verzeihung.«

Seikei zögerte nur eine Sekunde. Er wusste, dass er seinem Herrn widerspruchslos gehorchen musste. Also kniete er sich vor den Komuso auf den Boden und senkte den Kopf. »Ich bitte Euch um Verzeihung.«

Der Richter klatschte einmal in die Hände. »Wie ich sehe, machst du Fortschritte in Sachen Disziplin. Nun sieh, wer der Mann ist, den ich dir als Beschützer gesandt habe.«

Seikei blickte auf und erkannte den Komuso, der mittlerweile seinen Korb abgenommen hatte. Es war Bunzo, der Samurai, der ihm das Reiten beigebracht hatte.

Bunzo musste ihm seine Verblüffung angesehen haben, denn er grinste. »Ich habe dem Richter erzählt, wie du dich nicht vom Weitergehen hast abhalten lassen, obwohl deine Füße bluteten.«

»Und vieles andere hat er mir auch erzählt«, fügte Richter Ooka hinzu. »Jetzt will ich aber hören, was du inzwischen in Erfahrung gebracht hast. Beeil dich, denn ich glaube, wir müssen bald wieder getrennte Wege gehen.«

Und so berichtete Seikei dem Richter alles, was er erlebt hatte, seit er ihn zuletzt im Theater gesehen hatte. Er senkte beschämt den Kopf, als er gestand, dass der Schauspieler ihm das Schwert abgenommen hatte, doch der Richter interessierte sich für etwas ganz anderes. »Sag mir noch einmal, wie er sich genannt hat, als er gegen dich kämpfte.«

»Genji, Sohn des Daimyo Takezaki Kita.«

»Takezaki Kita«, wiederholte der Richter langsam. »Ein Kirishitan-Fürst, der hingerichtet wurde, als er sich weigerte, seinem Glauben abzuschwören.«

»Tomomi – oder Genji – trägt auch das Kreuz der Kirishitan um den Hals«, sagte Seikei. »Aber ich muss Euch auch den Rest erzählen. Ich weiß, dass er den Edelstein gestohlen hat. Ich habe ihn nämlich am nächsten Morgen damit gesehen, im Schrein von Ise. Er hat den Stein Amaterasu geopfert!«

»Natürlich«, sagte Richter Ooka ruhig. »Was sollte er auch sonst damit anfangen? Der Stein ist unverkäuflich.«

Seikei war enttäuscht darüber, dass sein Bericht so wenig überraschend kam. »Er hat gesagt, ich soll Euch wissen lassen, was ich gesehen habe.«

Der Richter nickte. Dann nippte er an seinem Tee. »Dass er möchte, dass es bekannt wird, ist wichtig. Ich glaube, ich weiß, wohin sein Weg ihn führen wird.« Er wedelte mit dem Zeigefinger vor Seikeis Gesicht umher. »Aber er darf noch nicht wissen, dass du es mir schon gesagt hast. Sonst ändert er womöglich seine Pläne. Jetzt geh wieder zu ihm zurück und tu, was er dir sagt.«

»Ich soll zurückgehen?«, rief Seikei. »Aber Ihr wisst jetzt, dass er der Dieb ist. Ihr wisst auch, wo sich der Rubin befindet. Solltet Ihr nicht ...« Er brach gerade noch rechtzeitig ab. Es stand ihm nicht zu, dem Richter vorzuschreiben, was er zu tun hatte.

»Der Edelstein ist in Sicherheit«, sagte der Richter. »Wir müssen Genji seinen Weg fortführen lassen. Er hat eindeutig noch etwas vor.«

»Das stimmt. Er arbeitet an einem neuen Stück.«

»Tatsächlich? Dann muss ich unbedingt kommen und es mir ansehen. Vielleicht gibt es in diesem Fall noch einen weiteren Verbrecher. Genji wird ihn mir zeigen.« Der Richter faltete die Hände über dem Bauch. »Ich fühle mich geschmeichelt, dass er mir derart vertraut.«

Seikei hätte gern noch tausend Fragen gestellt, aber der Richter drängte zum Aufbruch. »Wir werden später noch genug Zeit haben, den Fall bis ins Kleinste aufzurollen. Tu, was Genji dir aufträgt. Finde so viel wie möglich über ihn heraus. Bunzo wird dir genauso folgen wie bisher und mich über deine Fortschritte auf dem Laufenden halten.« Richter Ooka lächelte. »Du hast dich als sehr findig erwiesen. Dies ist eine sehr gute Eigenschaft für einen Samurai.«

Seikei glühte innerlich vor Freude, als er sich vor dem Richter verbeugte und den Raum verließ.

Auf dem Weg zum Ausgang tastete er nach seinem hölzernen Schwert. Zum allerersten Mal hatte er das Gefühl, es zu Recht zu tragen. Es war nun nicht mehr wichtig, dass er es schon einmal verloren hatte. Er hatte den Richter zufriedengestellt. Das allein zählte!

Ich muss mich auch weiterhin als findig erweisen, dachte Seikei. *Alles tun, was Genji sagt.* Das Problem war nur, dass er nicht die leiseste Ahnung hatte, was Genji von ihm wollte. Richter Ooka hingegen schien die ganze Sache bereits zu durchschauen. Und Seikei musste nichts anderes tun, als dem Pfad zu folgen, wohin auch immer er ihn führen mochte.

Der Zauber des Kabuki

Als Seikei die Herberge wieder verließ, wartete Kazuo schon auf der Straße auf ihn. »Was hast du denn so lange da drin gemacht?«, fragte er.

»Ich habe den Gästen von unserem Stück erzählt«, antwortete Seikei hastig.

Kazuo sah ihn zweifelnd an. »Ich schätze, sie haben dich nur wegen deines Schwerts nicht rausgeworfen.«

»Der Gastwirt war gar nicht da«, sagte Seikei.

»Anfängerglück«, murmelte Kazuo. »In einem der Teehäuser haben sie mir kochendes Wasser entgegengeschleudert.« Er zuckte mit den Schultern. »Gehen wir lieber zurück zum Theater. Es gibt viel zu tun.«

Bei ihrer Ankunft erwartete die beiden ein ziemliches Durcheinander. Überall rannten Menschen kreuz und quer, manche steckten erst halb in ihrem Kostüm, andere bauten die Beleuchtung auf, wiederum andere trugen Teezubehör, Papiertrennwände und sonstige Requisiten von einem Ort zum anderen. Mehrere Musiker setzten sich zu einer Seite der Bühne in Bewegung, wobei sie gleichzeitig auf ihren Instrumenten spielten und sich gegenseitig anschrien. Drei Schauspieler brüllten Kazuo, kaum dass sie ihn erblickt hatten, aufgeregt entgegen: »Wo ist die scharlachrote Schminke? Wo bleiben die Sandalen zu meinem Kostüm? Hol mir einen Spiegel!«

Während Kazuo davonrauschte, um alle drei Aufgaben möglichst auf einmal zu erledigen, schob sich Seikei durch den Bereich hinter der Bühne und versuchte dabei niemanden anzurempeln. Plötzlich spürte er, wie eine Hand nach seinem Ärmel griff. Sofort wirbelte Seikei herum und erschrak beim Anblick des grimmigen kalkweißen Gesichts, dessen Augen purpurrot und schwarz umrandet waren. »Hol mir ein Schwert!« Als Seikei zögerte, deutete der Schauspieler auf eine Truhe am anderen Ende des Raums. »In der grünen Truhe. Ich brauche das Schwert mit der schlichten schwarzen Scheide.«

Seikei eilte durch die Menge und öffnete die Truhe. Sie war bis obenhin voll mit Schwertern, Dolchen, Speeren, Pfeilen und Bogen sowie Giftflaschen – eine Schatztruhe mit Tod bringenden Kostbarkeiten. Doch als Seikei sie näher betrachtete, sah er, dass sie alle nicht echt waren. Er zog eins der Schwerter aus der Scheide und fuhr mit dem Daumen vorsichtig über die Klinge – stumpf wie ein Tellerrand. Zum Glück, denn soweit Seikei wusste, war ein echtes Samuraischwert scharf wie ein Rasiermesser und jederzeit in der Lage, einen Mann mit einem einzigen Hieb in zwei Hälften zu spalten.

Seikei nahm das gewünschte Schwert und brachte es dem Schauspieler. Der Mann schob es unter den Gürtel seines Kimonos und baute sich vor ihm auf, die Arme seitlich ausgestreckt. Der Kimono war aus dunkelrotem Stoff und mit silbernen und goldenen Tiermotiven bestickt. Die weiten Ärmel flatterten anmutig durch die Luft, als der Mann sich um sich selbst drehte. »Wie findest du das?«, fragte er Seikei.

»Es ist … erstaunlich.«

Plötzlich riss der Mann das Schwert aus der Scheide und hob es über den Kopf. Seikei duckte sich instinktiv, doch der Mann lachte nur. »Die Bewegung wirst du noch einmal sehen und zwar wenn ich Tomomi enthaupte«, sagte er.

Seikei sah sich um. »Wo ist Tomomi denn?«

»Ach, der hält sich für was Besseres und zieht sich nicht mit uns anderen um«, antwortete der Schauspieler. »Er hat sich irgendwo hinter einer Sichtwand versteckt und verwandelt sich gerade in eine Frau.«

»Eine Frau? Aber wie soll das möglich sein?«, fragte Seikei.

»Der Zauber des Kabuki«, erwiderte der Mann. »Weißt du denn nicht, dass der Shogun Frauen verboten hat, auf der Bühne zu stehen?«

»Oh … doch, ich glaube, ich habe davon gehört.«

»Zu schade auch. Es war nämlich eine Frau, die unsterbliche Okuni, die das Kabuki überhaupt erfunden hat.« Er zwinkerte Seikei zu. »Aber der Geist der Sache war damals schon der gleiche. Okuni hat nämlich Männerrollen gespielt. Tja, im Kabuki kann man eben nie sagen, was echt ist und was nicht.«

Das ist nur zu wahr, dachte Seikei. Er blickte sich um, erlebte mit, wie sich durchschnittlich aussehende Männer in seltsame dramatische Gestalten verwandelten. Der Kimono eines Schauspielers war so massig, dass der Mann damit genauso breit wie groß erschien. In Wahrheit allerdings brauchte es zwei Männer, die hinter ihm kauerten und die Seiten des Kimonos mit dünnen Stangen hochhielten. Zu dritt übten sie nun, sich im Gleichschritt zu bewegen, damit das Publikum die Helfer hinter dem Schauspieler nicht sehen konnte.

Je näher der Beginn der Aufführung rückte, desto größer wurde das Durcheinander. Seikei sah sich nach einem Platz um, von dem aus er alles mit ansehen konnte, aber nicht im Weg herumstand.

Schüchtern folgte er den Musikern, die ihre Plätze hinter einem Podest einnahmen, von wo aus sie die Schauspieler auf der Bühne im Blick behalten konnten. Immer noch in ihre Streitigkeiten vertieft, beachteten sie Seikei nicht.

Doch plötzlich verstummte der Streit. Die Musiker starrten zum hinteren Bereich des Theaters. Dort stand ein Schauspieler in einem roten Kimono, der die Hand hob und auf die Planke sprang. Einer der Musiker nahm zwei dicke Holzklötze in die Hand und schlug sie zweimal gegeneinander, so laut, dass Seikei sich die Hände auf die Ohren legen musste. Dann lief der Schauspieler in Richtung Bühne. Trommelwirbel,

Glöckchenbimmeln und die Shamisen spielten ein fröhliches Lied. Die Aufführung hatte begonnen!

Der Geschichte zu folgen, war nicht schwer. Der Schauspieler mit dem roten Kimono war Toshio, Sohn eines reichen Händlers – was sofort Seikeis Aufmerksamkeit erregte. Toshio beklagte sich beim Publikum, seine Eltern hätten ihm eine Braut ausgesucht, er aber liebe eine andere Frau.

In der ersten Szene watschelte Toshios Vater – der Mann mit dem extrabreiten Kimono – auf die Bühne. Mehrere Zuschauer johlten. Er sah allerdings auch mehr als lachhaft aus – wie ein unglaublich dicker Mann, der seinen Reichtum auf Kosten anderer angehäuft hatte.

So wird der typische Händler eben gesehen, dachte Seikei bitter.

Toshios Vater hatte die Tochter eines anderen Händlers als Braut für seinen Sohn ausgesucht. Der Vater erklärte, welchen Nutzen die Verbindung zweier großer Händlerdynastien durch die Heirat bringen würde. Toshio protestierte, aber vergeblich. Das Wort seines Vaters war wie das des Shoguns Gesetz. Seine Kinder mussten ihm in jeder Hinsicht gehorchen.

Vater und Bruder der Braut kamen, um Toshio kennenzulernen. Die Zuschauer lachten, als sie den jungen Mann streng ins Kreuzverhör nahmen. Er versuchte, sich dumm zu stellen, aber die beiden Männer waren nur noch mehr von seiner vermeintlichen Bescheidenheit angetan. Er gestand, er habe nicht viel für

Mädchen übrig, doch Vater und Sohn versicherten ihm, die Braut möge Männer auch nicht besonders.

Aus Sicht von Toshios Eltern war es nur wichtig, dass die Braut gehorsam war. Nach der Heirat würde sie mit im Haus der Familie leben und ihnen dienen, als sei sie ihre eigene Tochter. Das Glück von Braut und Bräutigam spielte dabei keine Rolle. Irgendwann würden aus der Ehe Kinder hervorgehen, die den Namen – und das Geschäft – der Familie fortführen würden. Vater und Bruder der Braut verabschiedeten sich mit einer Verbeugung von Toshio und seinem Vater. Der zukünftige Bräutigam war angenommen worden. Außer dem Publikum sah niemand, wie elend Toshio zumute war.

Toshios Familie rollte ihre Tatami aus und legte sich zur Nachtruhe. Doch als alle anderen schliefen, schlich Toshio sich hinaus. Die Bühne verdunkelte sich und die Bühnenhelfer bauten eilig die nächste Szene auf. Als die Laternen wieder entfacht wurden, sah man ein Teehaus aus der schwimmenden Welt. Auf einer Papiertrennwand zeichnete sich der Umriss einer schönen Geisha ab. Leise spielte sie auf ihrer Shamisen und sang dazu ein trauriges Lied über ihren Liebsten, der sie an diesem Abend nicht aufgesucht hatte.

Seikei richtete sich schlagartig kerzengerade auf. Mit aufgerissenem Mund starrte er auf die papierene Trennwand. Da war die Gestalt, die er in jener Nacht in der Tokaido-Herberge gesehen hatte! Was er als Hörner des Jikininki gedeutet hatte, waren in Wirklichkeit die Stäbe gewesen, die sich die Geisha in das dichte Haar steckte. Die Geisha war der Geist!

Toshio tauchte aus der Dunkelheit auf und schlich auf Zehenspitzen zum Teehaus. Er klopfte zweimal an die Papierwand. Eine hohe Stimme – genau wie die einer Frau – rief: »Wer ist da?«

»Ich bin es, Toshio. Bitte, ich muss unbedingt mit dir sprechen.«

Seikei sah gebannt zu. Langsam glitt die Trennwand zur Seite und gab den Blick auf eine wunderschöne Geisha frei, deren blauer Kimono mit weißen Chrysanthemen bestickt war. Das Publikum klatschte begeistert. Alle wussten, dass die Frau in Wirklichkeit ein Mann war, und applaudierten der perfekt gelungenen Illusion.

Hätte man es nicht gewusst, hätte man niemals gemerkt, dass die Geisha in Wirklichkeit keine Frau war. Der Kimono, die Schminke, die Perücke … Aber das war bei Weitem nicht alles. Jeder Schritt, jede Geste war anmutig, zart und verlockend. Seikei hätte sich Hals über Kopf in die Geisha verliebt, wäre ihm nicht rechtzeitig eingefallen, dass in dem Kimono der Mann steckte, den er als Dieb entlarvt hatte – Tomomi. Oder eher Genji, der Sohn eines Samurai? Offenbar konnte er sich je nach Belieben verwandeln. Eine Sekunde lang verspürte Seikei Neid – er konnte den Wunsch, jemand anderer zu sein, nur zu gut nachvollziehen. Aber warum sollte jemand sein Dasein als Samurai freiwillig aufgeben? Das wäre die größte Entehrung überhaupt.

Je weiter das Stück fortschritt, desto tiefer versank Seikei in seinen Gedanken. Auf der Bühne versicherte Toshio der Geisha, deren Name Motoko war, seine Liebe. Als er ihr von der Heirat erzählte, die sein Vater eingefädelt hatte, kniete sie vor ihm nieder und nahm seine Hände. »Wirst du noch an mich denken, wenn du verheiratet bist?«, fragte sie.

»An dich denken?«, rief Toshio aus. »Ich kann nicht ohne dich leben! Ich kann vor Verzweiflung weder denken noch essen noch schlafen. Ich bin hergekommen, weil ich möchte, dass wir zusammen von hier fliehen.«

Motoko zog erschrocken ihre Hände zurück. »Es gibt keinen Ort, an den wir fliehen könnten.«

»Doch! Doch, den gibt es!«, beharrte Toshio. »Wir können nach Norden gehen und uns dort einen Ort suchen, an dem uns niemand kennt.«

Motoko schüttelte den Kopf und wandte sich ab. »Ich kann nicht weg«, schluchzte sie. »Ich bin für zwanzig Jahre an das Teehaus gebunden. Verpflichtet, meinen Dienst zu tun, bis meine Zeit abgelaufen ist.«

»Das spielt doch keine Rolle!«, schrie Toshio. »Der Besitzer des Teehauses wird uns nie finden, das verspreche ich dir. Wir ziehen auf die andere Seite des Fujiyama, in ein Fischerdorf an der Küste.«

»Und wovon sollen wir leben?« Motoko lächelte ihn traurig an.

»Ich werde als Fischer arbeiten.« Toshio nickte mit ernster Miene. »Jeden Tag werde ich meine Netze im

Meer auswerfen und so viele Fische fangen …«, er streckte beide Arme weit aus, »… dass wir bald richtig reich sind.«

In Motokos Augen war zu erkennen, dass sie wusste, dass dies nur ein Traum war. »Ich kann hier nicht weg«, wiederholte sie leise. »Meine Eltern, die alt und gebrechlich sind, haben Geld dafür bekommen, dass sie mich hierhergeschickt haben. Ich musste versprechen, zwanzig Jahre zu bleiben. Wenn ich fortginge, wäre meine Familie entehrt.«

Seikei wusste so gut wie alle anderen Zuschauer, dass dies ein gewichtiger Hinderungsgrund war. Jedem Japaner wurde von Kindesbeinen an beigebracht, welchen Stellenwert die Familie hatte.

Für Toshio war es undenkbar, die Brautwahl seiner Eltern abzulehnen, und für Motoko war es ebenso unmöglich, ihre Familie zu entehren, indem sie ihren Vertrag brach.

Toshio und Motoko tanzten miteinander und besangen ihre Liebe und ihren Schmerz. Sie wünschten sich nichts mehr, als zusammenbleiben zu dürfen, doch als die Sonne höher stieg, musste Toshio sich irgendwann von seiner Liebsten losreißen. In Tränen aufgelöst, sank Motoko zu Boden.

Toshio ging die schmale Planke entlang, die durch den Zuschauerraum führte. Sein Schicksal beklagend rief er: »Was soll ich, was kann ich nur tun? Ich muss einen Weg finden, Motoko zu retten, auf dass wir für immer glücklich sein können. Aber wie?«

Im selben Augenblick klimperte es irgendwo seitlich der Bühne. Die Musiker fügten den Klang ihrer Instrumente hinzu und das Geklimper wurde noch lauter. Toshio riss die Augen auf. Jedermann erkannte, dass er soeben eine großartige Idee gehabt hatte. Das Geklimper sollte den Klang von Geld darstellen.

Während Toshio sich wieder näher an die Bühne schob, glitt eine Trennwand zur Seite und das Publikum erblickte Toshios Vater, der gerade dabei war, sein Geld zu zählen. Seikeis Wangen glühten vor Scham. Der unfassbar dicke Mann saß an einem Tisch, der sich unter der Last von Silber-, Gold- und Kupfermünzen beinahe bog. Das Gesicht des alten Mannes spiegelte das Entzücken wider, das er angesichts seines Reichtums verspürte. Doch während sein Sohn Toshio langsam um den Tisch schlich, hatte plötzlich jeder im Publikum denselben Gedanken wie Seikei – der Mann hatte so viel Geld, ein kleiner Verlust würde ihm sicher nichts ausmachen.

Der Doppelselbstmord

Es fiel Seikei sehr schwer, mit anzusehen, wie Toshio sich einen Plan zurechtlegte, an das Geld seines Vaters heranzukommen. Immer wieder musste er an die Kassette denken, in der sein Vater zu Hause die Geschäftsgewinne aufbewahrte. Die Botschaft des Stückes lautete offenbar, die Familie zu entehren sei schauderhaft, seinen eigenen Vater zu bestehlen dagegen in Ordnung – sofern der Vater nur ein Händler war.

Unglücklich stand Seikei auf und schlich hinter die Bühne. Die meisten Schauspieler bereiteten sich gerade auf die nächste Szene vor, in der Toshios Hochzeit mit der Händlerstochter stattfinden sollte. Seikei sah sich nach Tomomi um, wollte ihn in seinem Frauenkostüm unbedingt mal von Nahem sehen. Doch der Mann schien verschwunden zu sein. Vorsichtig näherte sich Seikei dem Wandschirm, hinter dem sich zuvor der Schauspieler umgezogen hatte.

Doch auch dort konnte er Tomomi nicht finden. Stattdessen bemerkte er eine große Truhe, die offen stand. Jede Menge Kostüme quollen daraus hervor –

herrliche Seidenkimonos in Purpurrot, Himmelblau und Waldgrün. Seikei nahm vorsichtig einen der Stoffe in die Hand und ließ die Seide wie Wasser durch seine Finger gleiten. Als er ihn wieder in die Truhe zurücklegte, streifte er auf einmal etwas Hartes unter dem weichen Stoff.

Neugierig geworden, grub Seikei seinen Arm tiefer in die Truhe – und hatte plötzlich einen Schwertgriff in der Hand. Er blickte über seine Schulter, um zu überprüfen, ob ihn jemand beobachtete. Langsam hob er dann das Schwert heraus. Es steckte in einer Scheide aus schwarzem Lackholz, das so stark glänzte, dass Seikeis Hand sich als Schatten darin spiegelte. Silberne Kreuze waren ins Holz eingelassen – Kreuze nach Kirishitan-Art, bei denen ein Arm länger war als die anderen drei. Seikei war sich sicher, dass dies kein Requisit war, sondern ein echtes Schwert.

Die Stimmen im Raum jenseits des Wandschirmes waren inzwischen verstummt. Die Schauspieler hatten sich für die Hochzeitsszene auf der Bühne versammelt, und Seikei hörte dumpf, wie die Musik einsetzte. Langsam umschloss er das Heft des Schwertes, das für einen besseren Halt mit Silberfäden umwickelt war. Lautlos glitt das Schwert ein Stück aus der Scheide, als er vorsichtig daran zog, genau wie es sich für ein echtes Schwert gehörte – es sollte seinem Besitzer so leicht dienen, als sei es ein Teil seines Körpers.

Voller Respekt zog Seikei es noch ein Stück weiter aus der Scheide heraus. Sein Herz klopfte, als er die polierte Klinge sah, die wie ein Spiegel glänzte. Ohne Zweifel, diese Waffe war von einem Meister seiner Kunst gefertigt worden, vielleicht schon vor Jahrhunderten. Solche Schwerter wurden in Samuraifamilien von Generation zu Generation weitergegeben.

Seikei wusste, dass sofort Blut fließen würde, sollte er es wagen, mit dem Daumen über die Schneide zu fahren. Die Männer, die solche Schwerter herstellten, testeten sie an den Leichen hingerichteter Verbrecher – wenn die Klinge den Körper nicht mit einem einzigen Hieb durchdringen konnte, wurde sie wieder eingeschmolzen.

Das Rascheln eines Seidenkimonos ließ Seikei plötzlich zusammenzucken. Er wirbelte herum – und starrte der Geisha Motoko direkt ins Gesicht. Die Illusion war so perfekt, dass es einige Sekunden dauerte, bis Seikei klar wurde, wer sich hinter der Frauenmaske verbarg.

Mit einer gestammelten Entschuldigung ließ er das Schwert sorgfältig wieder in die Scheide zurückgleiten, doch Motoko achtete gar nicht auf Seikeis Worte. Ihre Augen waren immer noch so weich und traurig wie zuvor auf der Bühne. »Was hältst du vom Schwert meines Sohnes?«, fragte sie.

Seikei zögerte. Die Stimme war die einer jungen Frau, nicht die eines Mannes. Er wusste genau dass in Wirklichkeit Tomomi dahintersteckte, doch der Schauspieler weigerte sich offenbar, aus seiner Rolle zu schlüpfen.

»Ich ... ich wusste nicht, dass Ihr einen Sohn habt«, erwiderte Seikei.

Flink wie eine Katze streckte die Geisha eine Hand aus und griff nach Seikeis Kinn, bevor er sich ihr entziehen konnte. Ihre langen Fingernägel bohrten sich in das Fleisch, an seinem Hals. »Oh ja, ja, ich habe einen Sohn«, sagte sie mit einem traurigen Lächeln. »Ein bisschen siehst du ihm sogar ähnlich. Sein Name war Genji, doch nun nennt er sich Tomomi.« Ihr entrückter Blick erforschte Seikeis Augen, und Seikei hatte das Gefühl, als blicke er in die Seele einer Frau. »Weißt du, warum er den Namen wechseln musste?«, fragte Motoko.

Die Frage und die schaurige Stimme, mit der sie geäußert wurde, waren Seikei unheimlich. Es war, als würde die Geisha wirklich glauben, dass sie sich über einen Dritten unterhielten. »Nein, das weiß ich nicht. Warum?«

»Meinetwegen«, sagte sie.

Seikei drehte den Kopf zur Seite, um sich ihrem Griff zu entwinden. In diesem Moment schaute Kazuo über den Rand der Trennwand. »Ah, hier seid Ihr. Tomomi, es ist Zeit für Euren Selbstmord.«

Die Augen des Schauspielers hellten sich kurz auf und er entließ Kazuo mit einer Handbewegung und einem kurzen Nicken. Dann wurde er wieder zu Motoko, die Seikei einen Arm um die Schultern legte. »Komm mit«, sagte sie. »Ich möchte, dass du es dir ansiehst.«

Seikei folgte der Geisha und nahm wieder seinen Platz bei den Musikern ein. Das Stück steuerte langsam auf seinen tragischen Höhepunkt zu. Das Publikum sah, wie Toshios Pläne durchkreuzt wurden. Zwar hatte er Motoko mit dem gestohlenen Geld seines Vaters aus dem Teehaus freigekauft, doch sein Diebstahl war aufgeflogen. Toshios Vater war außer sich vor Wut, als sein Sohn nicht zur Hochzeit mit der Händlerstochter erschien, und zeigte ihn beim ortsansässigen Richter an, der daraufhin mehrere Samurai losschickte, um das entflohene Paar zu finden.

Die Schlussszene des Stückes fand auf einem felsigen Steilhang oberhalb eines rauschenden Flusses statt. Toshio und Motoko saßen in der Falle, doch sie sangen zusammen, erzählten sich, wie sie sich in einer anderen Welt wiedersehen würden, wiedergeboren in neuen Körpern, in denen sie miteinander glücklich sein könnten. Ein letztes Mal wandten sie sich dem Publikum zu, beschworen es, sich der Geschichte zweier Menschen zu erinnern, deren einziges Verbrechen darin bestand, einander zu lieben. Und dann stürzten sie sich eng umschlungen von den Klippen, gerade als die Musik zu einem Crescendo anschwoll.

Die Zuschauer klatschten wie wild. Seikei sah zu Kazuo hinüber, der hinter den Kulissen stand und mit Bambuswedeln raschelte, um das Rauschen des Wassers zu imitieren. Kazuo zuckte mit den Schultern, als wollte er sagen: »Ich verstehe einfach nicht, wieso die Leute Selbstmorde so wunderbar finden.«

Seikei dagegen verstand es sehr gut. Indem sie den Freitod wählten, hatten Toshio und Motoko gezeigt, dass ihre Liebe zueinander stärker war als die Angst vor dem Sterben. Das Handeln der beiden war vollkommen ehrenhaft.

Während er noch darüber nachdachte, spürte Seikei plötzlich eine Hand auf seinem Arm. Er drehte sich um und wieder blickte er in das Gesicht der Geisha, die sich inzwischen aus ihrem ›nassen Grab‹ erhoben hatte. Aber jetzt war sie, trotz Schminke, wieder zu Tomomi geworden. »Du erinnerst mich an mich selbst, als ich in deinem Alter war«, flüsterte er. »Du musst bei mir bleiben. Es gibt vieles, was ich dir beibringen kann.«

Noch in der gleichen Nacht begann Seikeis Ausbildung. Tomomi befahl ihm, im Theater zu bleiben, noch lange nachdem die anderen Schauspieler Schminke und Kostüme abgelegt hatten und gegangen waren. Dass er Seikei dabei erwischt hatte, wie er das Schwert aus der Truhe betrachtete, schien Tomomi völlig vergessen zu haben.

»In Edo«, erzählte er, während er sich abschminkte und behände aus dem Kostüm schälte, »werde ich ein neues Stück vorstellen. Und du wirst darin eine Rolle spielen.«

»Aber ich bin doch gar kein Schauspieler«, wandte Seikei ein. »Nehmt lieber Kazuo. Er träumt schon seit Langem davon, auf der Bühne zu stehen.«

Tomomi tat den Vorschlag mit einer Handbewegung ab. »Die Rolle ist die eines Samuraisohnes. Kazuo hat kein Talent zum Spielen.« Er zeigte auf Seikeis Holzschwert. »Warum trägst du das? Was bedeutet es?«

Seikei holte tief Luft. »Ich bin nicht wirklich ein Samurai. Ich bin nur der Sohn eines Händlers.«

Tomomi zuckte mit den Schultern. »Dann spielst du die Rolle doch schon. Es wird dir nicht schwerfallen, sie auf der Bühne weiterzuführen.« Er lächelte. »Ich habe dir angeboten, dir beizubringen, mit einem Schwert umzugehen. Bist du bereit?«

Seikei konnte einfach nicht widerstehen. Es war seine Chance, von einem großen Meister zu lernen. Stundenlang übten sie im leeren Theater mit den stumpfen Schwertern, die von der Kabuki-Truppe eingesetzt wurden. Tomomi zeigte Seikei, wie er seine Füße flink bewegen konnte, indem er glitt, statt zu schreiten, die Beine nie überkreuzte und so geschmeidig nach allen Seiten schwebte, als wäre er eine Libelle über der Wasseroberfläche.

Schließlich nickte Tomomi zufrieden. »Die Fußarbeit beherrschst du jetzt einigermaßen, aber natürlich hältst du das Schwert vollkommen falsch.« Er schob sein Schwert in die Scheide und zog es dann blitzartig wieder hervor. »Heraus ziehst du es mit einer Hand«, erklärte er. »Aber packen musst du es dann mit beiden. So.«

Seikei folgte den Anweisungen, der Griff war lang genug für beide Hände.

»Hoch damit! Hoch damit!«, befahl Tomomi und Seikei hob das Schwert über seinen Kopf.

»Sehr gut«, sagte Tomomi und dann klatschte er Seikei ohne Vorwarnung die Klinge seines eigenen Schwertes über die Wange. Vom Angriff vollkommen überrascht, stürzte Seikei nach vorn im verzweifelten Versuch, den Schlag zu erwidern.

Doch der Schauspieler tat einen Schritt zur Seite und stellte Seikei dabei ein Bein, sodass dieser bäuchlings zu Boden fiel. Tränen strömten Seikei über die Wangen, aber er war fest entschlossen, Tomomi dies nicht sehen zu lassen.

»Was sagst du nun?«, rief Tomomi.

Seikei starrte ihn mit offenem Mund an. Er wusste nicht, was ein Samurai sagte, wenn er erniedrigt wurde. »Muss ich mich jetzt töten?«, fragte er.

»Nein, du sagst Folgendes«, erwiderte Tomomi langsam. »›Ich schwöre, ich werde Euch um Eure Ehre bringen.‹«

Schweigen breitete sich im Raum aus. »Sag es!«, schrie Tomomi.

»Ich schwöre …«, begann Seikei, »… ich werde Euch um Eure Ehre bringen.«

»Das wird dein wichtigster Satz in dem Stück. Und vergiss nie, deinem Gegenüber in die Augen zu sehen«, fügte er dann beiläufig hinzu. »Aber jetzt ab ins Bett. Wir müssen morgen nach Edo kommen.«

Ein Schwertkampf

Obwohl er todmüde war, fand Seikei in dieser Nacht keinen Schlaf. Immer wieder schreckte er aus Träumen hoch, in denen er das Gelernte noch einmal durchlebte. Das Bild von Tomomi, als Geisha verkleidet, hatte sich in sein Gedächtnis eingebrannt. Ja, Tomomi war es gewesen, der in der perfekten Verkleidung auf der Schwelle zu Seikeis Zimmer in der Tokaido-Herberge erschienen war. Und nur weil Seikei zuvor die Geschichte vom gehörnten Jikininki gehört hatte, war ihm der Dieb wie ein Geist vorgekommen.

Seikei hatte noch im Ohr, wie sein Vater ihn für seine überbordende Fantasie getadelt hatte. Aber Richter Ooka hatte sofort die Wahrheit erkannt und Seikeis Bericht mit der Kabuki-Truppe in Verbindung gebracht, die in der Nähe gastierte. Doch das Geheimnis schien trotz allem immer undurchdringlicher zu werden, denn wieso hatte Tomomi sich solche Mühe gemacht, den Rubin zu stehlen und es jemand anderem in die Schuhe zu schieben, nur um den Stein dann im Schrein von Ise zu opfern?

Bestimmt würde das neue Stück die Antwort liefern. Genau wie Richter Ooka es gesagt hatte: »Vielleicht gibt es noch einen weiteren Verbrecher.« Nur, wer mochte das sein?

Was Seikeis Schlaf aber am meisten störte, war der Gedanke an das Schwert, das echte Schwert aus Tomomis Truhe, und diese seltsame Reaktion des Schauspielers auf die Entdeckung, dass Seikei es berührt hatte. Jeder andere hätte vor Wut getobt.

Immer wieder hörte Seikei die Stimme der Frau – der Geisha, in die sich Tomomi verwandelt hatte: »Was hältst du vom Schwert meines Sohnes?« In Seikeis Träumen blitzte ihm die Klinge des Schwerts entgegen, scharf, glänzend und todbringend.

Er schreckte hoch, als er erneut eine Hand auf seiner Schulter spürte. Zunächst dachte er, es wären wieder die langen Fingernägel der Geisha, die sich in seinen Hals bohrten – doch diesmal war es nicht Tomomi, sondern Kazuo, der einen Helfer brauchte, um Feuerholz für das Frühstück zu sammeln.

Als die Schauspieltruppe sich schließlich wieder auf den Weg machte, schmerzten Seikeis Beine, als seien sie aus Stein.

Tomomi dagegen war lebhaft und voller Elan. Einmal schlug er sogar ein Rad entlang der Straße, woraufhin eine Gruppe Reisender zu lachen und zu klatschen anfing.

Kazuo ließ sich neben Seikei zurückfallen. »Was habt ihr beide gestern Nacht eigentlich noch getrieben? Es war schon spät, als du wieder zurückgekommen bist.«

Seikei schüttelte den Kopf. »Wir haben geprobt«, sagte er.

»Dann stimmt es wirklich? Du bekommst eine Rolle in dem neuen Stück, das Tomomi schreibt?«

Seikei konnte die Enttäuschung in Kazuos Stimme hören. »Es ist nur ein Satz.«

»Trotzdem ...«, sagte Kazuo. »Es ist eine sehr wichtige Aufführung. Tomomi hat ein paar von den anderen gesagt, wir spielen vor dem Shogun persönlich.«

Seikei starrte ihn an. »Aber das kann nicht sein. Samurai dürfen keiner Kabuki-Aufführung beiwohnen, das weiß doch jeder.«

Kazuo zuckte mit den Schultern. »Wir haben immer wieder Samurai unter den Zuschauern. Sie verkleiden sich eben als einfache Leute.«

Seikei wusste, dass das stimmte, schließlich hatte der Richter ihn ja auch zu den *Siebenundvierzig Ronin* mitgenommen. »Aber doch nicht der Shogun«, beharrte er.

»Man sagt, der Shogun habe eine Schwäche für Unterhaltung«, entgegnete Kazuo. »Er ist es, der die Gesetze macht, also darf er sie auch missachten, oder nicht? Wer sollte ihn schon bestrafen? Auf jeden Fall bin ich sehr gespannt auf Edo. Ich war bisher nämlich noch nie da.«

Seikei wollte gerade etwas erwidern, als ihn plötzlich ein Schlag von hinten traf, sodass er zu Boden geschleudert wurde. Hastig rollte er sich zur Seite. Tomomi stand über ihm und lachte.

»Erwischt! Weißt du denn nicht, dass Samurai jeden Augenblick auf der Hut sein müssen, Händlerssohn?«

Doch, das wusste Seikei. Er hatte es in dem Buch gelesen, das Daidoji Yuzan für angehende Samurai geschrieben hatte. *Halte auch im Schlaf immer ein Auge offen*, stand da. Seikei biss die Zähne zusammen und rappelte sich hoch, fest entschlossen, sich von Tomomi nie wieder auf dem falschen Fuß erwischen zu lassen.

Aber dann passierte es doch wieder. Etwa eine Stunde später – Seikei war gerade wieder in Gedanken an das Schwert aus Tomomis Truhe versunken –, als er plötzlich einen harten Schlag gegen die Wange spürte.

Diesmal wusste er sofort, was es war. Er wirbelte herum.

Tomomi stand vor ihm, ein Schwert in der Hand. Aber es war nur ein Spielschwert, eins aus der Requisitentruhe.

»Was sagst du nun?«, neckte ihn Tomomi.

»Ich schwöre«, antwortete Seikei, »ich werde Euch um Eure Ehre bringen.«

»Ganz recht.« Tomomi nickte. »Jetzt hast du's. Und am liebsten würdest du nun dein eigenes Schwert ziehen und mich schlagen, nicht wahr?«

»Ja«, murmelte Seikei.

»Das darfst du niemals tun, wenn du wütend bist. Sonst preschst du nur blind nach vorn und lieferst dich der Gnade eines Schwertkämpfers aus, dessen Gemüt ruhig ist. Du musst deinen Gegner immer dann erwischen, wenn er nicht mit dir rechnet.«

Seikei ging weiter und nach einer Weile war seine Müdigkeit verschwunden. Jetzt, da er wirklich jede Sekunde auf der Hut war, bemerkte er, dass seine Sinne schärfer geworden waren. Er behielt Tomomi immer im Blick, und jedes Mal, wenn der Schauspieler den Schritt verlangsamte, ließ auch Seikei sich zurückfallen. Mit etwas Übung konnte er Tomomi immer aus den Augenwinkeln beobachten.

Und gleichzeitig nach einer anderen Gestalt Ausschau halten. Richter Ooka hatte gesagt, Bunzo würde ihm folgen, und Seikei sah sich immer wieder nach dem Komuso mit dem Korb auf dem Kopf um. Er hielt es für wichtig, dass der Richter von dem echten Schwert in Tomomis Truhe erfuhr. Die Gefahr, die von der scharfen Klinge ausging, schwebte unablässig über all seinen Gedanken. Er rieb sich die Wange, die immer noch schmerzte, und dachte an die Narbe in Tomomis Gesicht.

Als sie an diesem Tag Mittagsrast machten, mussten sie nichts aufführen, um sich ihr Essen zu verdienen. Die Truppe hatte noch genug Einnahmen vom Abend zuvor. Dennoch kam Tomomi mit dem Spielschwert in der Hand auf Seikei zu. »Lust auf eine Übungseinheit?«, fragte er.

Seikei fürchtete sich davor, was passieren würde, wenn er Ja sagte. Bestimmt würde Tomomi ihn wieder erniedrigen und zum Gespött aller machen. Er sah sich um, in der Hoffnung, Bunzo würde aufkreuzen und ihn retten. Doch dann besann er sich eines Besseren. Tomomi hatte ihn herausgefordert und er musste annehmen.

Also stellte Seikei seine Schale mit Nudeln beiseite und zog das Schwert, ohne Tomomi auch nur eine Sekunde aus den Augen zu lassen.

»So ist es gut«, sagte Tomomi grinsend. »Und denk dran, immer mit beiden Händen. Schwing das Schwert langsam vor und zurück. Betrachte es nicht als Holzschwert. Es ist aus Stahl und so scharf geschliffen, dass keine Fliege auf der Schneide entlangwandeln könnte, ohne sich die Füße aufzuschlitzen.«

Seikei nickte. Was auch immer geschehen mochte – Tomomi war ein Meister der Schwertkunst, und von ihm zu lernen, konnte Seikei nur von Nutzen sein.

Spielerisch stieß Tomomi das Schwert nach vorn und Seikei wich leichtfüßig zur Seite aus.

»Gut, gut«, lobte Tomomi. »Und jetzt ... mach dich bereit, dich zu ducken!« Er zerschnitt die Luft mit dem Schwert und hielt dabei auf Seikeis Kopf zu. Der Junge warf sich zu Boden, sodass der Schlag ins Leere ging, doch als er aufstand, hatte Tomomi bereits zu einem erneuten Angriff angesetzt, und diesmal konnte Seikei nur um Haaresbreite ausweichen.

Tomomi steigerte die Geschwindigkeit seiner Hiebe und Stöße immer mehr und bald standen Schweißperlen auf Seikeis Stirn. Doch zu seiner Überraschung erfüllte ihn die permanente Gefahr mit einem erregenden Prickeln. Sein Körper reagierte fast schneller, als sein Gehirn die Befehle aussenden konnte, und er wich Tomomis Klinge mit einer Vielfalt an Sprüngen, Duckbewegungen und Seitschritten aus. Seikei bewegte sich auf eine Art, die er selbst nicht für möglich gehalten hätte, und er sah, wie Tomomi lächelte, als er die Fortschritte seines Schülers erkannte.

Seikei wusste, dass er nicht wirklich gewann – Tomomi reizte nicht all seine Künste aus. Doch plötzlich bemerkte er, dass der Schauspieler den Kampf beenden wollte. Für den Bruchteil einer Sekunde verrieten Tomomis Augen seine Absicht – er blickte zu Seikeis rechter Wange, der gleichen Wange, an der er selbst die Narbe trug. Seikei wusste, gleich würde sein Gegner dorthin zielen, und als Tomomi einen Scheinangriff nach links ansetzte, zwang sich Seikei, darauf nicht zu reagieren.

Blitzartig wirbelte Tomomi einmal um die eigene Achse und peitschte Seikei die Klinge von rechts entgegen. Aber Seikei war vorbereitet. Er stieß sein hölzernes Schwert nach vorn und spürte, wie es Tomomis Hände traf und dessen Schwert zu Boden schleuderte.

Die anderen Schauspieler schrien auf, erst vor Überraschung, dann vor Entzücken. »Er hat dich voll erwischt«, neckten sie Tomomi. »Der Schüler hat den Lehrer besiegt.«

Für einen Moment verdüsterte sich Tomomis Gesicht und Seikei hatte mehr Angst als je zuvor. »Er hat mich gewinnen lassen«, stammelte er, aber dann begann Tomomi laut zu lachen, fiel auf die Knie und hielt Seikei seinen Nacken hin. »Gib mir den letzten Schlag«, sagte er. »Bewahre meine Ehre, indem du mich tötest.«

Seikei wich zurück, doch die anderen schoben ihn nach vorn.

»Na los, mach schon«, drängten sie ihn. »Das ist Bushido, der Weg des Kriegers. Du musst dir seinen Kopf nehmen.«

Seikei wusste, dass sie Recht hatten. Es war das einzig Ehrenhafte, denn ein besiegter Samurai ist bereits tot. Er legte sein Schwert auf Tomomis Nacken.

»Nein, du musst ihn richtig schlagen«, protestierte einer der Darsteller und streckte die Hand nach Seikeis Schwert aus, um es selbst zu erledigen, doch plötzlich sprang Tomomi auf und packte den Mann am Arm. »Der Junge hat sich das Recht verdient, mich zu töten, nicht du«, sagte er. Seine Stimme klang auf einmal bedrohlich und der andere Schauspieler wich sofort erschrocken zurück. »Jedenfalls hat er dich besiegt«, murmelte er.

»Tomomi hat nicht all seine Fähigkeiten ausgespielt«, wiederholte Seikei.

Doch Tomomi wandte sich ihm zu und durchbohrte ihn schier mit seinem Blick. »Du hast zu Recht gewonnen«, sagte er. »Ich habe dich unterschätzt. Du lernst schnell. Aber vergiss nicht, das Stück geht anders aus. Dort musst du Schauspieler sein, nicht Samurai.«

Seikei nickte, erleichtert, dass Tomomis Zorn so rasch abgekühlt war.

Als sie sich wieder auf den Weg machten, schloss Kazuo zu Seikei auf. »Das war merkwürdig«, sagte er. »Du musst nämlich wissen, Tomomi lässt nie jemanden gewinnen, auch nicht im Spiel. Dazu ist er zu stolz. Ich verstehe es nicht.«

Seikei schüttelte den Kopf. Der Sieg bereitete ihm keine Freude. Jetzt, da der Kampf vorbei war, fühlten sich seine Beine schwach und zittrig an. Er wusste, dass er Tomomis Überraschungsangriffen im Moment hilflos ausgeliefert war, aber er fand einfach nicht zu dem Gefühl geschärfter Aufmerksamkeit zurück, das er zuvor verspürt hatte.

Tomomi startete an diesem Tag keinen weiteren Versuch, Seikei anzugreifen. Als die Truppe den Rokugo-Fluss erreichte, bezahlten sie einen der Fährleute dafür, sie ans andere Ufer zu befördern. Obwohl dies ein oft begangener Abschnitt der Tokaido-Straße war, hatte man nie eine Brücke über den Fluss gebaut. Einer Legende zufolge hatte ein Vorfahr der Fährleute Ieyasu gerettet, den ersten Tokugawa-Shogun, als seine Feinde ihm auf den Fersen waren. Aus Dankbarkeit hatte Ieyasu versprochen, dass die Nachkommen der Fährleute für alle Zeit das ausschließliche Recht behalten sollten, Reisende über den Fluss zu bringen.

Am anderen Ufer angekommen, machten sich die Schauspieler auf zur letzten Reiseetappe. Die Sonne ging gerade unter, als sie die grell bemalten Dächer von Shinagawa erblickten, dem Vergnügungsviertel am Rande der Shogun-Stadt.

Ein hohes schwarzes Tor versperrte die Straße. Hier hielten die Soldaten des Shoguns Wache und kontrollierten alle Reisenden. Auch die Kabuki-Truppe musste warten.

Links von der Straße stand etwas, das wie ein Schrein aussah. Im Inneren waren mehrere Tafeln mit Inschriften zu erkennen: die Erlasse des Shoguns – Warnungen und Gebote für diejenigen, die vorhatten, die Stadt zu betreten.

Seikeis Aufmerksamkeit wurde allerdings von einem viel Angst einflößenderen Anblick auf der anderen Straßenseite gefesselt. Auf einem hölzernen Podest ruhten drei Köpfe – von Gefangenen, die den Frieden des Shogun-Reiches gefährdet hatten und dafür hingerichtet worden waren. Zwei der Köpfe waren schon trocken und ausgedorrt, doch der dritte war frisch.

Dies war als Warnung gedacht – eine Warnung, dass diejenigen, die sich den Befehlen des Shoguns zu widersetzen wagten, seinen unerbittlichen Zorn zu spüren bekommen würden. Auch ohne die Erlassanschläge zu lesen, wusste Seikei, dass Kirishitan die Todesstrafe ebenso zu befürchten hatten wie jeder, der ihnen Schutz bot.

Als sie sich dem Kontrollpunkt näherten, krampfte sich Seikeis Magen zusammen. Ängstlich dachte er an das glänzende Schwert in Tomomis Truhe und an seine Scheide mit den silbernen Kreuzen darauf.

Aber als die Soldaten auf sie zukamen, trat Tomomi nach vorn und erklärte, sie seien eine fahrende Kabuki-Truppe, die gekommen sei, um ein Stück aufzuführen. Kazuo öffnete eine der Truhen und zeigte ihnen die Kostüme, und die Soldaten winkten alle durch.

Sie waren am Ziel ihrer Reise angekommen. Dies war Edo, die Stadt des Shoguns.

Die Stadt des Shoguns

Sie kamen in einer der Herbergen im Vergnügungsviertel unter. Im Haus ging es laut zu, denn es war der erste Abend des sommerlichen Bon-Festes. Zu dieser Zeit kehrten die Geister der Toten zur Erde zurück, und im ganzen Land schoben die Menschen ihre Sorgen beiseite, um ihre Vorfahren willkommen zu heißen.

Seikei dachte an seine Familie zu Hause in Osaka. Seine Mutter würde bestimmt wie immer ein Fässchen Reiswein öffnen und ihn in die traditionellen Schalen gießen, die nur zu diesem besonderen Anlass benutzt wurden. Dies war die einzige Zeit des Jahres, zu der Seikei regelmäßig miterlebte, dass sein Vater zu viel trank – er leerte Schale um Schale als Dank an die Geister seines Vaters und Großvaters, die das Familiengeschäft zu solchem Erfolg geführt hatten. Selbst die Kinder bekamen ausnahmsweise etwas Sake eingeschenkt, doch Seikeis Mutter wachte darüber, dass sie nur eine einzige Schale tranken.

Seikei bekam Heimweh. Irgendwo in dieser großen Stadt Edo musste auch sein Vater sein. Was würde er wohl denken, wenn er wüsste, wie sein Sohn die vergangenen Tage verbracht hatte? Seikei schüttelte den Kopf. Vielleicht hatte Richter Ooka seinem Vater ja Bescheid gegeben, dass Seikei gut aufgehoben war, doch über die Vorgehensweisen des Richters konnte man sich nie wirklich sicher sein. Auf der Straße hatte Seikei immer wieder nach Bunzo in seiner Komuso-Verkleidung Ausschau gehalten, doch vergeblich.

Nach dem Essen schlug Kazuo vor, nach draußen zu gehen, um sich unter die Feiernden zu mischen. Seikei zögerte. »Ich glaube, ich sollte noch ein bisschen mit Tomomi proben.«

»Ach, der wird heute sicher nicht mehr arbeiten«, erwiderte Kazuo. »Er ist schon weg, zu irgendeinem Freudenhaus.«

Seikei sah sich um – tatsächlich, Tomomi hatte sich still und heimlich von den anderen weggeschlichen, die damit beschäftigt waren, die Sake-Flaschen zu leeren, die der Gastwirt zur Verfügung gestellt hatte. Seikei machte sich Vorwürfe, nicht genug aufgepasst zu haben. Der Richter hatte ihn beauftragt, Tomomi im Auge zu behalten, und jetzt war der Schauspieler verschwunden.

Aber nun blieb Seikei nichts anderes übrig, als Kazuo auf die Straße zu folgen, zu den unzähligen anderen Feiernden. Männer und Frauen tanzten in einer Reihe die Straße entlang, von Musikern mit Trommeln und Shamisen sowie dem Klatschen vieler Zuschauer begleitet. Viele der Anwesenden, fiel Seikei auf, hatten offensichtlich schon zu viel Sake getrunken. Manche riefen die Namen ihrer verstorbenen Angehörigen, erbaten sich Wohltaten von den aus dem Reich der Toten zurückgekehrten Geistern.

Plötzlich blitzte ein Stück blaue Seide vor Seikeis Augen auf. Einer der Tänzer, die sich an der Herberge vorbeischoben, trug einen ihm wohlbekannten Kimono. Seikei trat einen Schritt nach vorn und reckte den Hals, um besser sehen zu können. Wieder erhaschte er einen Blick auf den blauen Kimono, oder besser gesagt, auf einen der Ärmel. Seikei folgte ihm; er begann zu rennen, um mit den Tanzenden Schritt zu halten.

Es sah wirklich danach aus, als sei es der Kimono, den Tomomi am vergangenen Abend bei der Aufführung auf der Bühne getragen hatte. Seikei war sich nicht ganz sicher, aber auf jeden Fall durfte er ihn nicht aus den Augen verlieren.

Die Tänzerprozession schob sich die schmale, gewundene Straße entlang und Seikei hatte Mühe zu folgen. Immer wieder rempelte er gegen Leute, die vom Straßenrand aus zusahen. Ein dicker Mann verpasste ihm lachend einen kräftigen Schubs, sodass Seikei zu Boden stürzte.

Sofort sprang er wieder auf die Füße und tastete nach seinem Schwertgriff. Doch dann erinnerte er sich an Tomomis Mahnung, nie zu kämpfen, wenn er wütend war. Er beschloss, den lachenden Mann zu ignorieren, und stürmte wieder den Tänzern hinterher. Der blaue Seidenkimono war allerdings nirgends mehr zu sehen. Als die Tanzenden zu einem Teehaus kamen, traten junge Frauen mit Schalen voll Sake heraus, und Seikei sah gespannt zu, wie die Feiernden sich näherten, um die Gabe anzunehmen.

Wieder kribbelte es in seinem Nacken, als er plötzlich die Gestalt im blauen Kimono entdeckte. Seikei erkannte die Haarnadeln – er hatte sie nun schon zweimal gesehen.

Die blau gekleidete Gestalt nahm die angebotene Schale und drehte sich zur Menge um. Ihr lächelndes Gesicht war weiß geschminkt, mit blutroten Lippen und schwarzen Augenbrauen, deren Bogen bis hoch in die Stirn reichten. Nur Seikei wusste, dass dies keine Frau war. Die Gestalt hob die Schale hoch, kippte den Sake auf die Stufen des Teehauses – und erntete dafür beifälliges Gemurmel, denn die Geste war als Opfergabe für die Geister der Toten gedacht.

Tomomi – denn er war es wirklich, auch wenn er erneut nicht nur in die Kleidung, sondern auch in die Bewegungen einer Geisha geschlüpft war – verbeugte sich anmutig vor der Frau am Teehaus und hielt ihr die Schale hin, die sofort neu gefüllt wurde. Wieder wandte sich Tomomi der Menge zu, sicher, dass nun alle Augen auf ihm ruhten, hob die Schale an seine Lippen und trank sie aus.

Eine bessere Werbung hätte sich der Betreiber des Teehauses gar nicht wünschen können. Sofort strömten die Feiernden nach vorn, um sich die vollen Sake-

Schalen abzuholen. Seikei blieb, wo er war, und ließ die Gestalt in Blau nicht aus den Augen. Tomomi hatte bewusst ein Durcheinander geschaffen, damit es umso schwerer wurde, ihm zu folgen.

Und es funktionierte – augenblicklich war der Zugang zum Teehaus völlig verstopft.

Seikei konnte gerade noch sehen, wie Tomomi um die Hausecke verschwand.

Der Weg durch die Menge würde zu lange dauern. Doch Seikei musste Tomomi unbedingt auf der Spur bleiben! Er sah sich um – eine zweite Gasse führte auf seiner Seite vom Haus weg. Mit etwas Glück konnte er auf diesem Weg zu Tomomi aufschließen.

Seikei rannte die Gasse entlang, doch vor ihm war nichts als Dunkelheit. Irgendwann platschte er mit den Sandalen durch eine Pfütze faulig riechenden Wassers und blieb stehen. Rechts und links von ihm hingen ein paar wenige Lampen, die die Hintereingänge der Häuserreihen spärlich beleuchteten. Wohin war Tomomi nur gelaufen?

Seikei lauschte aufmerksam. Doch außer dem Gesang der Feiernden in den Häusern war nichts zu hören. Plötzlich schien ihm, als habe am anderen Ende der Gasse unter einer Laterne wieder der blaue Kimono aufgeblitzt.

Sofort rannte Seikei los, wobei er sich bemühte, mit seinen Sandalen auf dem Kiesbelag nicht zu viel Lärm zu machen. Die Gasse mündete in eine breitere Straße, die allerdings ebenfalls menschenleer war. Ein Stück weiter vorn beleuchtete eine Lampentraube ein Wachhaus. Tomomi jedoch war nirgendwo zu sehen.

Als Seikei am Wachhaus vorbeieilen wollte, trat ein älterer Mann heraus. »Was führt dich denn in diese Gegend?«, fragte er.

Seikei schluckte. »Ich befinde mich im Dienst des Richters Ooka, eines der Gesandten des Shoguns.«

Der Wachmann zog die Augenbrauen hoch. »Ooka? Ich dachte, der wäre jetzt Friedensrichter in Kameyama.«

»Er ist einem Verbrecher auf der Spur, der nach Edo geflohen ist«, erwiderte Seikei möglichst selbstsicher. »Der Verbrecher muss vor wenigen Augenblicken hier vorbeigekommen sein.«

Der alte Mann schüttelte den Kopf. »Hier ist sicher niemand vorbeigekommen außer einer Frau aus dem Vergnügungsviertel, die zum Haus eines Daimyo wollte.« Er zwinkerte Seikei zu. »Solch hochstehende Herren lassen sich nicht gern dazu herab, selbst in die entsprechenden Ecken der Stadt zu gehen.«

»Trug die Frau vielleicht einen blauen Kimono?«, fragte Seikei.

»In der Tat. Ein wunderschöner Stoff. Muss ein Geschenk ihres Wohltäters gewesen sein. Aber sie wird nur so lange solch großzügige Gönner haben, wie sie jung und hübsch aussieht. Danach ...« Er zuckte mit den Schultern.

Seikei versuchte, seine Ungeduld zu zügeln. »Wie hieß der Daimyo, den sie aufsuchen wollte?«

»Fürst Hakuseki.«

Seikei blinzelte. Wieso wollte Tomomi zu dem Mann, dessen Edelstein er gestohlen hatte? Um ihn noch einmal auszurauben?

»Ich muss unbedingt dorthin«, sagte Seikei. »Dringend. Könnt Ihr mir den Weg zeigen?«

»Folge einfach der Straße«, erklärte der Wachmann. »Es ist ein hochherrschaftliches Haus, eines der größten in Edo, wenn man vom Palast des Shoguns absieht, natürlich. Kennst du das Hakuseki-Wappen?«

»Ja. Ein Fisch in einem viereckigen Rahmen.«

»Dann lauf. Du wirst es am Tor sehen. Aber mit der Geschichte, die du mir erzählt hast, wirst du an Fürst Hakusekis Wachen nicht vorbeikommen.«

»Wieso lasst Ihr mich dann durch?«, wollte Seikei wissen.

Ein Lächeln erschien auf dem faltigen Gesicht des alten Mannes. »Weil du Richter Ooka erwähnt hast. Er hat mich einmal davor bewahrt, entehrt zu werden. Wenn du ihn triffst, richte ihm aus, Itagawa Yokio hat ihn nicht vergessen.« Damit verbeugte er sich, und Seikei wusste, dass diese Geste Richter Ooka galt.

Eilig erwiderte Seikei die Verbeugung und hastete dann weiter die Straße hinunter. Der Mond war mittlerweile aufgegangen und spendete gerade genug Licht, dass Seikei sehen konnte, wohin er lief. Hohe Steinmauern schirmten die Häuser zu beiden Seiten ab und die hölzernen Tore waren fest verschlossen. Sollte es in diesem Teil der Stadt irgendwelche Bon-Feierlichkeiten geben, dann fanden sie jedenfalls nur im sehr privaten Kreis statt.

Seikei meinte, die Anwesenheit der Geister überall um sich herum zu spüren. Einige Tote, so hieß es, kämen zurück, um Unrecht zu rächen, das ihnen zu Lebzeiten angetan worden war. Seikei wäre am liebsten zu Hause in Osaka gewesen, wo die einzigen Geister die wohlwollenden Seelen seiner Vorfahren waren.

Ich brauche keinen Geist zu fürchten, redete sich Seikei ein. Doch plötzlich umwehte ihn eine leichte Brise und zerzauste ihm das Haar, geradeso, als hätte ihn jemand berührt.

Seikei musste an den Herbergswirt aus Kameyama zurückdenken. Dort hatte alles angefangen. Er hatte Seikei und seinem Vater ein Zimmer zugewiesen, und das war sein Unglück gewesen, denn Seikeis Schlaflosigkeit hatte den Richter auf die Spur des unterirdischen Tunnels gebracht. Und das wiederum hatte dazu geführt, dass der Gastwirt sich lieber umbrachte, als zu gestehen. Seikei schloss die Augen, aber er wurde das Bild des Mannes einfach nicht los. *Es tut mir leid*, dachte er. *Ich wusste nicht, was Euch widerfahren würde.*

Von plötzlicher Angst getrieben, rannte er vorwärts, obwohl er wusste, dass es unmöglich war, schneller zu sein als ein Geist. Vor ihm ertönte auf einmal Hufgetrappel, und er konnte gerade noch rechtzeitig ausweichen – ein berittener Samurai galoppierte an ihm vorbei. Seikei wusste, dass der Mann ihn umgerannt hätte, ohne mit der Wimper zu zucken oder sich auch nur einmal umzudrehen.

Er streckte den Rücken durch. *Ich habe auch eine Aufgabe zu erfüllen*, sagte er sich. Doch während das Hufgetrappel immer leiser wurde, wollte die Angst einfach nicht von ihm weichen. Die Straße erschien ihm nun stiller und unheimlicher als je zuvor. Die Fensterläden der Häuser waren fest verschlossen, die Tore mit Seilen verzurrt. An ihnen waren Glöckchen befestigt, damit die Bewohner wach wurden, sobald sich jemand daran zu schaffen machte. Nirgendwo brannte Licht, denn die Menschen hatten Angst, dass ein Feuer ausbrechen und die Häuser, die aus dünnem Kiefernholz und Papier bestanden, im Nu zerstören könnte.

Dann blieb Seikei auf einmal wie angewurzelt stehen. Irgendwo hinter sich hatte er eben Schritte gehört. Oder doch nicht? Jetzt war es wieder völlig still, nur das Rascheln der Blätter in den Baumkronen war zu hören. Oder vielleicht war es auch der Geist des Gastwirts, der ihn immer noch verfolgte.

Es gab kein Zurück, Seikei musste weiter. Die Straße wand sich durch die Stadt und immer wieder gingen schmalere Gassen von ihr ab. Die hatte der Wachmann allerdings nicht erwähnt.

Hatte sich Seikei etwa verirrt?

Der Wind nahm zu, als Seikei auf einmal ein Geräusch hörte, das wie die Schwingen eines großen Vogels klang. Instinktiv bedeckte er den Kopf mit beiden Händen. Erst einige Sekunden später wagte er es, vorsichtig nach oben zu spähen. Auf dem Gipfel des Hügels direkt vor ihm fiel Mondlicht auf ein flatterndes Banner mit einem viereckig umrahmten Fisch – Fürst Hakusekis Wappen.

Vorsichtig schlich Seikei näher. Die Größe des Anwesens raubte ihm fast den Atem. Es war kein einfaches Haus, sondern ein Yashiki, eine ganze Gebäudetraube, in der die Familie und die Samurai des Daimyo wohnten. Eine hohe Mauer aus schimmernden Ziegeln umgab die Gebäude und Seikei konnte schwach ein paar Wachen erkennen. Er duckte sich in den Schatten eines Baumes.

Natürlich konnte er mit keiner Begründung aufwarten, die ihm zu so nachtschlafender Zeit Zugang zum Haus verschaffen würde. Doch Tomomi musste reingekommen sein, vielleicht weil er sich als Geisha verkleidet hatte. Wenn Tomomi sich fest vorgenommen hatte, ins Haus zu gelangen, dann ließ er sich bestimmt nicht davon abbringen.

Aber wieso war Tomomi überhaupt hierher gekommen? Wenn seine Verkleidung aufflog, würde er im Gefängnis landen oder – was noch wahrscheinlicher war – auf der Stelle getötet werden.

Richter Ooka hatte Seikei befohlen, Tomomi zu folgen, weil es in dem ganzen Fall vielleicht noch einen zweiten Verbrecher gab. Seikei hatte gehorcht, nur um jetzt herauszufinden, dass Tomomis Weg ihn genau zu, dem Mann zurückführte, den er einst bestohlen hatte.

Offenbar steckte hinter Tomomis Plan mehr als nur der Raub eines Schmuckstücks.

Auf jeden Fall befand sich der Schauspieler nun im Yashiki von Fürst Hakuseki. Also war es Seikeis Pflicht, so lange zu warten, bis er wieder herauskam – tot oder lebendig.

Ein Versprechen an die Geister

Es fällt schwer, zu warten, wenn man nicht weiß, wie lange es dauern wird. Seikei kannte so manche Geschichte von tapferen Samurai in- und auswendig, doch sie alle hatten sich durch ihren Mut und ihre Ehrenhaftigkeit ausgezeichnet. Zum Warten gehörte dagegen kein Mut, nur Geduld. Seikei zwang sich, an Oishi zu denken, den Anführer der siebenundvierzig Ronin. Mehr als ein Jahr hatte er abgewartet, bis er den Tod seines Fürsten gerächt hatte, und während der ganzen Zeit hatte er die Beschimpfungen und Beleidigungen derer über sich ergehen lassen, die dachten, er habe den Ehrenkodex der Samurai aufgegeben. Oishi hatte sich nicht beirren lassen. Niemals …

Seikei schreckte hoch. Er war eingeschlafen. Die Nacht war nun dunkler, der Mond hinter einer Wolke verschwunden. Doch irgendwas musste Seikei geweckt und sich in seinen Traum geschlichen haben.

Er dachte angestrengt nach. Was war es gewesen? Schritte? Das Rascheln von Seide? Er hielt den Atem an, lauschte, ob das Geräusch wiederkam. Nichts.

Aber jemand musste an ihm vorbeigekommen sein, während er schlief, da war sich Seikei sicher. Bestimmt Tomomi. Wer sonst sollte Fürst Hakusekis Yashiki verlassen haben?

Seikei stand auf und rannte auf dem gleichen Weg zurück, den er gekommen war, wobei er wieder versuchte, mit seinen Sandalen möglichst wenig Lärm zu machen. An der ersten Kreuzung spähte er nach beiden Seiten, versuchte, die tintenschwarzen Schatten zu durchdringen. Wohin? Da! Da war es wieder. Das Geräusch. Ohne nachzudenken, stürzte Seikei ihm durch die Dunkelheit hinterher.

Plötzlich packte ihn jemand von hinten und hielt ihm ein Seidentuch vors Gesicht. Seikei riss den Mund auf, um zu schreien, aber er hatte keine Chance. Ein süßlicher Duft stieg ihm in die Nase, und er spürte, wie seine Muskeln erschlafften. Er krallte seine Finger in die Seide, versuchte, sich den Stoff vom Mund zu reißen. Aber der Arm, der ihn fest umschlossen hielt, war zu kräftig.

Sein Schwert! Er musste kämpfen! Mit letzter Kraft zog er es aus seinem Obi und schwenkte es nach oben. Er spürte, wie die Klinge auf etwas Hartes traf. Ein Keuchen war zu hören, dann lockerte der Angreifer seinen Griff.

Seikei strampelte sich frei und wirbelte blitzschnell zu seinem Gegner herum. Beide Hände am Schwertgriff, die Füße in Kampfposition, holte er zum nächsten Schlag aus.

Ein schrilles Kichern hallte plötzlich durch die Straße. »Du schon wieder.« Seikei erkannte die Frauenstimme. »Mein Unterricht war wohl zu gut, was?«

»Wieso verstellt Ihr Eure Stimme?«, fragte Seikei. »Ich weiß, wer Ihr seid.«

»Tatsächlich? Dann kennst du mich besser als ich mich selbst«, erwiderte die seidige Stimme. »Vor allem in dieser Nacht, in der die Geister wiederkehren.« Tomomi beugte sich ganz nah zu Seikei herunter, sein weiß geschminktes Gesicht leuchtete hell wie der Mond. »Hast du sie gesehen?«, fragte er.

Seikei erschauerte.

Tomomi sah ihn durchdringend an. Ihm war die Reaktion des Jungen nicht entgangen. »Es gibt keinen Grund, sie zu fürchten«, sagte er. »Sie kommen wieder, um zu sehen, was wir ihnen zu Ehren getan haben. Durch uns können sie das Land der Lebenden noch einmal betreten. Das ist ein Grund zur Freude.«

Er legte Seikei eine Hand auf die Schulter. »Steck dein Schwert weg«, sagte er mit einer Stimme, die nun wieder männlicher klang. »Du brauchst es nicht. Ich habe gehört, wie du mir gefolgt bist – du solltest dich übrigens mehr in der Kunst der Stille üben -, und ich dachte, du wärst womöglich einer von Fürst Hakusekis Männern.«

»Aber Ihr wart dort«, sagte Seikei.

»Also hast du mich tatsächlich verfolgt. Nun, es spielt keine Rolle. Erinnerst du dich an den Satz, den ich dir beigebracht habe?«

»Ja. Ich schwöre, ich werde Euch um Eure Ehre bringen.«

»Habt ihr gehört?«, rief Tomomi freudig, wirbelte um die eigene Achse und schrie in die Dunkelheit hinaus. »Mutter? Vater? Morgen werde ich mein Versprechen Euch gegenüber wahr machen.«

Seikei sah sich ängstlich um, spürte die Anwesenheit der unsichtbaren Geister.

Tomomi starrte die Straße hinunter. »Komm jetzt«, sagte er schließlich. »Kehren wir endlich zu den anderen zurück und beginnen an dem Stück zu arbeiten. Wir haben nur einen Tag zum Proben. Und die Aufführung muss perfekt sein. Der Shogun persönlich wird uns nämlich zusehen.«

Seikei hastete hinter ihm her. »Der Shogun? Aber wie ist das möglich?«

»Durch die Großzügigkeit – und Eitelkeit – des Fürsten Hakuseki«, erklärte Tomomi. »Der Shogun, musst du wissen, hat insgeheim eine Schwäche für das Kabuki, aber natürlich kann er keiner öffentlichen Aufführung beiwohnen, auch nicht in Verkleidung, wie es so mancher Samurai tut. Also hat Fürst Hakuseki unsere Truppe für eine Sonderaufführung in seinem Yashiki engagiert. Der Fürst möchte den Shogun beeindrucken. Jetzt, wo er ihm nicht den wundersamen seltenen Edelstein schenken kann, der auf so geheimnisvolle Weise verschwunden ist, will er ihn eben mit einem Kabuki-Stück überraschen. Und ich verspreche dir, es wird ein unvergesslicher Abend.«

Tomomis Lachen klang wie ein Schwarm Gänse, der in den nächtlichen Himmel aufstieg. Und tatsächlich – Seikei hatte das Gefühl, als würden die Geister antworten. Vielleicht war es nur Tomomis Stimme, die in den menschenleeren Gassen widerhallte, aber für Seikei hörte es sich an, als würden die Toten flüstern. Was sagten sie? Er lauschte angestrengt, verstand aber kein Wort.

Die Probe

Seikei und Tomomi gingen zurück zu der Herberge, in der die Truppe abgestiegen war. Seikei legte sich auf eine Matte und war innerhalb eines Wimpernschlags eingeschlafen. Seine Erholung war allerdings nur von kurzer Dauer; kaum war die Sonne aufgegangen, ging Tomomi schon – nun wieder in seiner eigenen Kleidung – herum und weckte alle. Es sei Zeit zu proben, verkündete er. Am Abend würden sie vor dem Shogun spielen.

Das Stück, das Tomomi geschrieben hatte, war ziemlich ausgefeilt. Kazuo musste auf der Suche nach den richtigen Kostümen und Requisiten alle Truhen ausleeren. »Wir brauchen die Rosenkränze und Kruzifixe«, ordnete Tomomi an, und damit wusste jeder, dass es im Stück Kirishitan geben würde.

Die Religion der Kirishitan hatte Japan fast zweihundert Jahre zuvor erreicht, eingeschleust von ›fremden Teufeln‹ aus einem Land weit jenseits von China. Ein mächtiger Daimyo namens Oda Nobunaga hatte es Kirishitan-Priestern erlaubt, ihren Glauben innerhalb seines Herrschaftsbereiches zu predigen. Einige Japaner waren selbst Kirishitan geworden und einige Zeit waren ihre Symbole als Schmuck sehr beliebt.

Nach Nobunagas Tod wurde sein Erzfeind Ieyasu Tokugawa zum Shogun ernannt.

Seitdem waren es immer seine Nachkommen gewesen, die über Japan geherrscht hatten. Die Tokugawas fürchteten, die Kirishitan könnten einen Umsturz planen, und verboten daher die Religion, ja sie nutzten ihre militärische Macht sogar so weit aus, dass sie jeden Kirishitan hinrichten ließen, der an seinem Glauben festhielt.

Und dennoch, so munkelte man, gebe es immer noch etliche Japaner, die diese Religion ausübten, obwohl sie damit ihr Leben aufs Spiel setzten. Seikei hatte während seiner Kindheit in Osaka immer wieder gehört, dass manche Leute in ihren Häusern angeblich versteckte Schreine zu Ehren ihres Kirishitan-Gottes besaßen. Aber sein Vater hatte immer gesagt, er dürfe auf solche Geschichten nichts geben.

Tomomis Stück spielte zu Anfang im Haus eines Daimyo, dessen Familie insgeheim weiter der Kirishitan-Religion anhing, obwohl sie seit so langer Zeit verboten war. Seikeis Magen verkrampfte sich, als er den Namen der Familie hörte: Takezaki. Das Stück würde die Geschichte von Tomomis eigener Familie erzählen!

Auf einmal deutete Tomomi mit dem Finger auf ihn: »Du spielst den ältesten Sohn.« Der Schauspieler sah Seikei direkt in die Augen. »Dein Name ist Genji.«

Seikei nickte, wohl wissend, welche Ehre ihm zuteilwurde: Er durfte Tomomi selbst spielen.

Kazuo konnte seine Enttäuschung kaum verbergen. »Wieso gebt Ihr ihm eine Rolle? Er ist doch gar kein Schauspieler.«

»Doch, und zwar ein besserer, als du ahnst«, gab Tomomi zurück.

»Ihr habt versprochen, dass *ich* eines Tages auf die Bühne darf«, beschwerte sich Kazuo.

Tomomi zuckte mit den Schultern. »Meinetwegen. Du bekommst eine Rolle als Diener. Aber du erleidest nach der ersten Hälfte des Stückes einen grauenvollen Tod.«

Kazuo sah ihn begeistert an. »Einen richtig, richtig grauenvollen?«

»So grauenvoll, wie man ihn sich nur vorstellen kann«, murmelte Tomomi.

Kazuo strahlte.

Die anderen Schauspieler hatten damit gerechnet, dass Tomomi selbst die Rolle von Fürst Takezaki, dem Familienoberhaupt, übernehmen würde, doch er teilte sie einem anderen zu. »Ich werde Takezakis Gattin spielen«, verkündete er stattdessen. »Eine Frau, die ihrem Mann treu ergeben ist, ihren Sohn abgöttisch liebt, wunderschön, klug und mutig ist – so wie eine echte Samurai-Frau sein sollte, denn auch ihre Familie war von edlem Geblüt.«

»Ihre Eigenschaften kennen wir ja jetzt, aber hat sie auch einen Namen?«, fragte jemand sarkastisch.

Tomomi schoss dem Mann einen Blick zu, der Seikei frösteln ließ. »Sie heißt Nanaho, Tochter eines Zweigs der Fujiwaras, der adeligsten Familie Japans«, antwortete er eisig.

Seikei hätte sich gewünscht, dass Tomomi eine andere Rolle spielen würde, denn er erinnerte sich nur zu gut daran, wie der Schauspieler sich veränderte, sobald er in Frauenkleidung schlüpfte. Doch die anderen gaben ihre Zustimmung, denn sie wussten, wie gut Tomomi in Frauenrollen beim Publikum ankam.

Wie es schien, vermutete außer Seikei niemand, dass das Stück eine tiefere Bedeutung haben könnte. Selbst Kazuo, der mit eigenen Ohren gehört hatte, wie Tomomi sich Genji, Sohn von Takezaki Kita, genannt hatte, war wegen seines ersten Bühnenauftritts so aufgeregt, dass er dem Thema überhaupt keine Beachtung schenkte.

Die ersten Szenen des Stückes zeigten eine glückliche Familie, in der Liebe und Harmonie herrschten. Für die Zuschauer würde das Interessante darin bestehen, dass die seltsamen Kirishitan-Bräuche gezeigt wurden, die die Takezakis in geheimen Zimmern ausführten. Nur ihre Diener kannten diese Räume – Diener, die ihrerseits auch allesamt Kirishitan waren. Kirishitan auf der Bühne darzustellen, galt als völlig in Ordnung, solange sie am Schluss ein tragisches Ende fanden.

Schon bald zeichnete sich im Verlauf des Stückes das unausweichliche Schicksal der Takezakis ab. Ein benachbarter Daimyo erfuhr von ihrem Geheimnis. Die

Rolle spielte Yukio, der Mann, der in der tragischen Liebesgeschichte Toshios Vater gemimt hatte. Diesmal wurde er mit einem prächtigen, sehr außergewöhnlichen Kostüm ausgestattet. Sein Kimono wurde an den Schultern ausgepolstert und versteift, um ihn wie ein Riese erscheinen zu lassen. Sein Helm war mit einer goldenen Sonne verziert, die ihn über einen halben Meter größer machte. Doch die Wirkung wurde dadurch zunichtegemacht, dass Yukio in der Verkleidung kaum laufen konnte. Mühsam watschelte er über die Bühne, wobei ihm der Helm ständig über die Augen rutschte und er sich immer wieder auf die üppigen Stoffmassen trat.

»Ich brauche jemanden, der mir beim Gehen hilft«, beklagte er sich bei Tomomi.

»Nein, du bist perfekt«, erwiderte Tomomi. »Fürst Shakuheki muss so sein – eine Figur, deren Größenwahn sich in seiner überdimensionierten Erscheinung äußert.«

Fürst Shakuheki? Als Seikei den Namen hörte, wusste er sofort, wer der Feind der Takezakis wirklich war. Tomomi hatte sich kaum Mühe gegeben, es zu verschleiern. Doch was dachte er sich bloß dabei? Dieses Stück aufzuführen, in dem Fürst Hakuseki derart lächerlich gemacht wurde – in seinem eigenen Haus! Es war Wahnsinn.

Doch Seikei konnte es nicht ändern. Die Truppe glaubte Tomomis Versprechen, dass sie vor dem Shogun persönlich auftreten würden. Das war für alle eine einmalige Chance. Während der Probenpausen gab es kaum ein anderes Gesprächsthema. Vielleicht, sagten manche, würde der Shogun sie belohnen, wenn ihm das Stück besonders gefiel.

Immer weiter entfaltete sich vor ihren Augen die Handlung des Stückes. Fürst Shakuheki hatte Nanaho heiraten wollen, doch sie hatte ihre Eltern überredet, das Angebot eines anderen Mannes anzunehmen – das von Takezaki Kita. Fürst Shakuheki war in seiner Eitelkeit verletzt, doch er verbarg seine Verbitterung und gab vor, ein Freund des Hauses zu sein – bis er herausfand, dass Takezaki ein Kirishitan war und seine Frau den Glauben ebenfalls angenommen hatte.

Fürst Shakuheki heckte daraufhin einen Plan zur Vernichtung der Takezakis aus. Er sandte einen Boten zum Shogun, mit der Bitte um Erlaubnis, Kirishitan aufzuspüren und sie hinzurichten. Dann stattete er Nanaho einen Besuch ab und warnte sie: »Meine Samurai sind so zahlreich wie die Sandkörner an einem Strand. Euer Ehemann, der das Gesetz des Shoguns missachtet hat, kann mir nicht entkommen. Ich werde mir seinen Kopf holen. Aber ich biete Euch die Möglichkeit, Euer Leben zu retten. Wenn Ihr dem Glauben abschwört, verschone ich Euch und Euren Sohn.«

Tomomi – in seiner Rolle als Nanaho – brachte dem Fürsten nichts als Verachtung entgegen. Obwohl er noch ungeschminkt war, schlüpfte Tomomi sofort perfekt in seine weibliche Rolle. »Ihr seid ein Mann ohne Ehre«, sagte Nanaho. »Ihr habt unsere Freundschaft dazu missbraucht, mein Vertrauen in Euch zu verraten. Wie könnte ich solch ein Angebot annehmen und damit weiterleben?« Damit wandte sie sich ab und ließ ihn stehen.

Nanaho erzählte ihrem Mann von der drohenden Gefahr und die Takezakis bereiteten sich auf ihre Flucht vor. Sie riefen ihre Diener und Samurai zusammen und beteten gemeinsam zu ihrem Kirishitan-Gott. Kazuo, der einen der Diener spielte, sprach mit lauter Stimme die Worte, die Tomomi für ihn vorgesehen hatte. Und dann zauberte Tomomi plötzlich einen Gegenstand aus seinem Kimono und reckte ihn der versammelten Truppe entgegen.

Ein Kruzifix!, erkannte Seikei zu seinem Entsetzen. Ein Kruzifix mit einem roten Edelstein darauf. Er konnte es kaum glauben. Er hatte gesehen, wie Richter Ooka solch einen Rubin in der Herberge zerschmettert hatte, und später, wie Tomomi einen zweiten im Schrein von Amaterasu geopfert hatte – und jetzt gab es plötzlich einen dritten! Konnte es diesmal der echte sein?

Nanaho betete zu dem seltsamen Gott, der am Kreuz hing. »Wer Kirist, den Herrn, verehrt«, sagte sie, »weiß, dass das Paradies diejenigen erwartet, die in seinem Namen sterben. Und als Samurai wissen wir, dass die Ehre es gebietet.«

Die nächste Szene zeigte den Angriff von Fürst Shakuhekis Männern auf den Palast der Takezakis. Sie war blutig genug, um jedes Publikum zufriedenzustellen, denn die getreuen Gefolgsleute der Takezakis kämpften erbittert. Dennoch starben sie einer nach dem anderen durch die Schwerter der Eindringlinge. Kazuo, der den loyalen Diener spielte, wurde enthauptet – ein falscher Kopf wurde auf die Bühne geschleudert, während Kazuo seinen Kopf unter dem Kostüm versteckte –, doch er hörte nicht auf, in Todesqual zu schreien, bis er streng darauf hingewiesen wurde, dass er, da kopflos, sein Schicksal stumm hinzunehmen habe.

Takezaki Kita, Genjis Vater, starb als einer der Letzten. Als er schließlich fiel, stürzte seine Frau heran und übernahm sein Schwert. Sie wehrte Fürst Shakuhekis Männer ab und entkam zusammen mit ihrem Sohn. Am Bühnenrand drückte sie dem Jungen das Schwert in die Hand. »Nimm es«, sagte sie, »und flieh. Fürst Shakuheki wird dich nicht verfolgen, denn alles, was er wünscht, ist mein Tod.«

Seikei, der Genji spielte, nahm das Schwert entgegen. Es war eben jenes Schwert, das er in Tomomis Truhe entdeckt hatte, und nun endlich verstand er sein Geheimnis.

Im nächsten Augenblick beging Nanaho Selbstmord und bewahrte somit ihre Ehre.

Fürst Shakuhekis tollpatschige Gestalt erschien auf der Bühne. Als er Nanahos leblosen Körper entdeckte, riss er das Kruzifix mit dem Edelstein aus ihrem Kimono und hielt es triumphierend in die Höhe. Doch Genji stürzte sich auf ihn.

Fürst Shakuheki zog sein Schwert und schlitzte Genji das Gesicht auf – die rechte Wange, darauf bestand Tomomi. Seikei presste eine Hand auf sein Gesicht und verschmierte dabei einen Öltuchbeutel mit roter Farbe, den er vorher verborgen gehalten hatte.

Und nun folgte der Satz, den er so oft geprobt hatte. »Ich schwöre, ich werde Euch um Eure Ehre bringen«, rief Seikei und sprang aus einem Fenster, womit er dem Schicksal seiner Angehörigen entging.

Es war ein unglaublich spannendes Stück, darin waren sich alle einig, obwohl manche einwandten, der letzte Satz sei etwas verwirrend. Das Publikum würde sicher damit rechnen, dass noch eine weitere Szene folgte.

»Es wird auch noch eine Szene geben«, erwiderte Tomomi. »Aber die proben Yukio und ich allein.«

»Tauchst du darin auch auf?«

»Ja. Er und ich, wir sind die einzigen beiden Figuren darin.«

»Dann erscheint Nanaho dem Fürsten Shakuheki als Geist? Was sagt sie?«

Doch Tomomi schüttelte nur geheimnistuerisch den Kopf. »Das wird eine Überraschung«, sagte er. »Ihr werdet es heute Abend bei der Aufführung noch früh genug erfahren.«

Nun waren natürlich alle noch stärker darauf aus, das Geheimnis zu lüften, doch Tomomi duldete keine Zuschauer bei der Probe der letzten Szene. »Besorgt etwas zu essen«, befahl er. »Und dann packt die Kostüme und Requisiten ein. Bei Sonnenuntergang machen wir uns auf den Weg zur Aufführung.«

Seikei folgte den anderen aus dem Raum. Obwohl er auch neugierig war, was in der letzten Szene passieren würde, brummte ihm der Kopf von den vielen Eindrücken, die bei der Probe auf ihn niedergeprasselt waren.

Wenn er doch nur Richter Ooka finden könnte!

Nun war klar, warum Tomomi den Rubin gestohlen hatte. Und vielleicht befand sich der echte Edelstein gar nicht im Schrein von Amaterasu – vielleicht hatte Tomomi dort auch einen falschen hinterlassen, wohl wissend, dass Seikei dem Richter davon erzählen würde.

Eine Stimme riss ihn plötzlich aus seinen Gedanken. »Wie fandest du es?« Kazuo stand vor ihm, ein breites Grinsen im Gesicht.

»Das Stück?«, sagte Seikei. »Es ist verrückt …«

»Nein, ich meine meine Leistung«, unterbrach ihn Kazuo. »Meinst du, es wird dem Shogun gefallen, wie ich spiele?«

Seikei schüttelte betrübt den Kopf. »Kazuo, erinnerst du dich an den Abend, als Tomomi sagte, *er* sei Genji, der Sohn von Takezaki Kita?«

»An den Abend, als er dir das Schwert abgenommen hat, meinst du? Das hatte nichts zu bedeuten.« Kazuo kicherte. »Bestimmt war Tomomi nur gerade dabei, das Stück im Kopf zu verfassen. Er gibt sich jedes Mal als einer der Hauptdarsteller aus. Tomomi hört nie auf zu schauspielern, auch wenn er nicht auf der Bühne steht. Das ist einer der Gründe, warum die Mädchen in den Teehäusern sich ständig in ihn verlieben.«

»Aber das Stück erzählt die Wahrheit«, beharrte Seikei. »Und heute Abend werden wir es vor Fürst Hakuseki aufführen. Er ist in Wirklichkeit Fürst Shakuheki, das ist doch sonnenklar, verstehst du das nicht? Das alles gehört zu Tomomis Racheplan.«

»Aber nein, du täuschst dich«, widersprach Kazuo unbeirrt. »So dumm kann niemand sein. Wenn das wahr wäre, würde der Fürst uns vermutlich alle umbringen.«

Seikei nickte. Ja, genau das würde geschehen. Seine einzige Hoffnung bestand darin, dass Richter Ooka erraten hatte, wohin der Weg führen würde. Er seufzte. Nein, so etwas konnte nicht einmal der Richter erraten. Doch Seikei hatte keine Wahl: Er musste dem Pfad bis zum bitteren Ende folgen.

Die Aufführung

Seikei hatte keinen Bissen hinuntergebracht, so aufgeregt war er gewesen. Was würde bei der Aufführung passieren? Den ganzen Nachmittag hatte er eine Schale Tee nach der anderen getrunken, um seinen Magen zu beruhigen. Doch der Tee hatte ihn nur noch rastloser gemacht. Immer und immer wieder wälzte er in Gedanken die Geschichte von Tomomi, dem Wanderschauspieler, dem Samurai, dem Dieb.

Jedes Mal, wenn Seikei sich der Lösung des Rätsels nahe wähnte, hatte Tomomi etwas getan, was neue Verwirrung gestiftet hatte. Als Seikei herausgefunden hatte, dass Tomomi der Edelsteindieb war, hatte Tomomi ihn dadurch überrascht, dass er den Rubin Amaterasu geopfert hatte. Und dann hatte Seikei entdeckt, dass Tomomi wirklich der Samurai war, für den er sich ausgab. Er besaß ein Samuraischwert und wusste damit umzugehen. Aber warum führte er dann das Leben eines Kabuki-Schauspielers?

Immer wieder dachte Seikei an das Schwert, das er in Tomomis Truhe gefunden hatte. Während der Proben hatte Seikei es kurz in den Händen halten dürfen, doch seine Rolle machte es nicht erforderlich, dass er es aus der Scheide zog. So blieb das Schwert verborgen, genau wie die Geheimnisse, die Tomomi noch vor den Augen der Welt versteckte.

Bei Sonnenuntergang nahmen die Schauspieler ihre Requisiten und machten sich auf den Weg zu Fürst Hakusekis Yashiki. Auf den Straßen wurde immer noch das Bon-Fest gefeiert, aber Seikei hatte keine Augen für die Feiernden. Er sprach ein stilles Gebet an seine Ahnen, doch er spürte, dass sie sich weit weg befanden, in Osaka, und ihm nicht hierher gefolgt waren.

Am Kontrollpunkt, der die Innenstadt abriegelte, zeigte Tomomi ein Papier vor, und der Wachmann ließ die Schauspieltruppe passieren. Sie bahnten sich ihren Weg durch die gewundenen Straßen und erreichten schließlich Fürst Hakusekis Yashiki, über dessen Tor das Banner mit dem Hakuseki-Wappen flatterte. Doch trotz Tomomis Papier wurden sie diesmal nicht durchgelassen.

Seikei schöpfte plötzlich neue Hoffnung. Vielleicht würden sie gar nicht hineinkommen und müssten zur Herberge zurückkehren? Aber nein. Es ging nur darum, dass einfache Kabuki-Schauspieler nicht durch den Haupteingang gehen durften, der nur den Samurai und hochstehenden Persönlichkeiten vorbehalten war. Und so musste die Truppe um die Mauer herum zu einem Nebentor ziehen, durch das Händler und Handwerker eingelassen wurden.

Ein Diener wartete am Eingang und ließ sie eintreten. Niemand machte sich die Mühe, in die Truhen der Schauspieler zu schauen. Es war der perfekte Weg, ein Schwert in das Gebäude zu schmuggeln!

Im Inneren erwartete sie zunächst ein prächtiger Garten. Selbst im schwächer werdenden Licht konnte Seikei die üppige Blumenpracht und die faszinierenden Formen der Bäume erkennen. Es war ein atemberaubender Anblick, der bestimmt nur von Dutzenden von Gärtnern erzeugt werden konnte. Doch schon eine Sekunde später fiel Seikei der schlichte Steingarten in Richter Ookas Haus wieder ein, der den Betrachter dazu einlud, in sich selbst hineinzusehen. Fürst Hakusekis Yashiki-Anlage hingegen zwang die Menschen, die Macht und Bedeutung des Besitzers zu bewundern. Und das sprach nur dafür, dass der Besitzer ein Kleingeist sein musste, denn ein wirklich großer Mann hätte so etwas nie getan.

Der Diener führte die Truppe in eine riesige Halle. »Hier unterhält der Fürst seine Gäste«, sagte er. »Bereitet euch zügig vor, sie werden bald hier sein.«

Seikei sah sich um. Da war ja überhaupt kein Platz für Zuschauer! »Wo sollen die Gäste des Daimyo denn sitzen?«, fragte er.

Tomomi deutete auf einige hohe Trennschirme aus Bambus, die entlang den Wänden aufgestellt waren. »Dahinter. Der Daimyo und seine Gäste sind von so hohem Rang, dass kein Schauspieler sie zu Gesicht bekommen darf. Es würde die Würde des Shoguns herabsetzen, wenn er offen zeigte, dass er unserer Aufführung beiwohnt.«

»Aber wie können sie uns durch die Schirme überhaupt sehen?«

»Stell dich dahinter und sieh selbst.«

Seikei schlüpfte hinter eine der Trennwände.

Und tatsächlich: Die Schlitze zwischen den Bambusstreifen waren breit genug, um perfekt hindurchsehen zu können.

Seikei war enttäuscht. Er war so neugierig gewesen, den Shogun zu sehen, doch noch begieriger war er, zu erfahren, ob Richter Ooka dem richtigen Pfad gefolgt war und zur Aufführung kommen würde.

Es war nur ein kleiner Hoffnungsschimmer, aber es war sein einziger.

Die Wandertruppe war es gewohnt, ihre Stücke im Hof von Schreinen, in den Räumlichkeiten buddhistischer Klöster oder selbst auf irgendwelchen leeren Ackerflächen aufzuführen, wenn es sonst keinen Ort gab, an dem man ein Publikum versammeln konnte. Das Kabuki-Theater hing davon ab, wie gut die Schauspieler es schafften, die Szenen in den Köpfen der Zuschauer zum Leben zu erwecken, und so kamen sie mit nur wenigen Requisiten aus. Ein Versteck, ein Stein, hinter dem Liebende hervorspringen konnten, eine Mauer mit einer Türöffnung oder einem Fenster – so wie das, durch das Seikei fliehen würde –, viel mehr brauchte es nicht. Den Rest erledigten bunte Lampions, die Musiker und das Talent der Schauspieler.

Daher dauerten die Vorbereitungsarbeiten auch diesmal nicht lange.

Dennoch spürte Seikei deutlich, wie aufgeregt die Schauspieler waren, während sie in ihre Kostüme schlüpften. Dies würde für die meisten von ihnen die wichtigste Aufführung ihres Lebens werden.

Kazuo half Seikei mit der Schminke und fand einen Kimono, der Seikeis Stand als Sohn eines Daimyo entsprach. Tomomi hatte sich wie üblich hinter seinen privaten Wandschirm zurückgezogen, um sich ganz im Verborgenen vorzubereiten. Niemand würde ihn zu Gesicht bekommen, bevor es nicht Zeit war, auf die Bühne zu gehen.

»Das ist ein bedeutender Abend für uns«, raunte Kazuo. »Alle hoffen auf ein großzügiges Geschenk vom Daimyo, wenn der Shogun zufrieden ist.«

Seikei brachte es nicht übers Herz, Kazuo zu sagen, dass er persönlich sich schon sehr glücklich schätzen würde, wenn sie alle mit dem Leben davonkamen. »Woher wissen wir, wie den Zuschauern das Stück gefallen hat?«, fragte er. »Wir können sie doch nicht sehen.«

»Wir haben schon einmal vor Wandschirmen gespielt, in einem Kloster«, sagte Kazuo. »Achte auf die Trennwände. Wenn den Leuten gefällt, was sie sehen, gehen die Schlitze immer weiter auf.«

Seikei hatte keine Gelegenheit mehr, genauer nachzufragen. Sie waren gerade fertig angezogen, als der Diener des Daimyo wieder auftauchte. »Die Gäste nehmen schon Platz«, sagte er. »Ihr dürft sie nicht warten lassen.«

Die Musiker begaben sich an ihre Plätze seitlich der Bühne. Sie sahen einander an und nickten.

Klack, klack machten die Holzklötze.

Das Stück hatte begonnen.

Seikei musste gleich in der ersten Szene auf die Bühne. Er trug bei einer Prozession einen Rosenkranz, der den Zuschauern klarmachte, dass er und seine Familie Kirishitan waren. Tomomi hatte für diese Stelle Tänze und Lieder vorgesehen, um die Szene lebhafter zu gestalten. Ein Mitglied der Truppe führte Zauberkunststücke vor. Das Publikum nahm dies alles als Teil der Kirishitan-Religion an.

Der Zauberkünstler konnte an diesem Abend richtig tief in seine Trickkiste greifen und mit seinen Künsten glänzen. Seikei war so nahe, dass er sah, wie der Mann etwas Pulver in der Hand versteckte, bevor er ein Schwert in einen Lampion bohrte. Plötzlich leckten lodernde Flammen an der Klinge und der Schauspieler schwenkte das brennende Schwert über der Bühne. Die Akrobaten zeigten durch Rückwärtssalti an, dass sie vor ihm flohen.

Bisher hatte Seikei sich noch nicht getraut, zu den Bambusschirmen hinzusehen. Aber als er nun ein Knistern hörte, schielte er doch zu den unsichtbaren Zuschauern hinüber. Einige hatten faltbare Fächer zwischen die Bambusstreifen geklemmt. Indem sie die Fächer öffneten, konnte sie die Schlitze nun immer weiter aufmachen. Seikei erhaschte einen Blick auf ein Auge, das auf ihn gerichtet war, dann widmete er sich schnell wieder seinem Einsatz auf der Bühne.

Die Musik wurde schneller, die Tänzer wirbelten in wildem Tempo herum; ihre farbenprächtigen Kostüme flogen nur so durch die Luft.

Kazuo hatte Recht behalten: Die Schauspieler boten alles auf, was ihnen zur Verfügung stand, sie übertrafen sich selbst. In dieses Meer aus Farben und Bewegung trat schließlich eine in blaue Seide gekleidete Gestalt.

Die Tänzer blieben abrupt stehen, als hätte jemand sie in Steine verwandelt. Alle Augen richteten sich auf Tomomi in der Rolle seiner eigenen Mutter. Sie setzte zu einem Lied an, das sich langsam über die Musik erhob. Tänzelnd schob sie sich an den anderen Darstellern vorbei, wie ein Blatt, das vom Wind getragen wird.

Diesmal übertraf sich Tomomi noch in der Illusion der Frauenrolle: Er wurde zu einer Mensch gewordenen Göttin. Seikei hörte, wie die Trennwände knackten, als die Zuschauer sich um eine bessere Sicht bemühten. Den Blick konnte er aber nicht von Tomomi abwenden.

Nanaho sang von zwei Männern, die sie liebten. Der eine bot ihr sein reines Herz und ein mit Hingabe gelebtes, ehrenvolles Leben. Der andere bot ihr Reichtum und Luxus. Sie traf die Entscheidung, die einer Samurai-Frau würdig war.

Ein erstickter Schrei drang an Seikeis Ohr. Offenbar hatte Fürst Hakuseki die Handlung des Stückes erkannt. Seikei erstarrte in Erwartung einer heftigeren Reaktion, doch nichts geschah. Tomomis Mutter sang ihr Lied zu Ende, in dem auch die Geburt des Sohnes erwähnt wurde. Dann schwebte sie zu Seikei herüber und schlang die Arme um ihn – und die Bühne wurde dunkel.

Hastig gruppierten sich die Darsteller um – die nächste Szene zeigte ein Fest, bei dem der Nachbar, Fürst Shakuheki, der Ehrengast war. Yukio, der den Daimyo spielte, wirkte in der Gegenüberstellung mit Tomomis anmutigem Auftritt lächerlicher denn je. Hinter den Trennwänden drang gedämpftes Kichern hervor.

Nur hinter *einem* Wandschirm herrschte Unheil verkündende Stille.

Seikei, dessen Platz am Rand der Bühne war, spähte vorsichtig zum stummen Wandschirm hinüber. Hier hielt kein Fächer die Bambusstreifen auseinander, sondern eine große Hand, an der zwei funkelnde Goldringe prangten. Seikei hatte die Ringe schon einmal gesehen – sie gehörten Fürst Hakuseki.

Je weiter die Handlung des Stückes fortschritt, desto klarer wurde es, dass die meisten Zuschauer sich glänzend amüsierten. Genau wie die Schauspieler nahmen auch sie an, das Stück sei eine Tragödie, in der die Takezakis sich selbst dem Tod geweiht hatten, indem sie dem verbotenen Kirishitan-Glauben anhingen. Die

Musik und die Tänze, die manche Szenen begleiteten, waren zuweilen so perfekt inszeniert, dass hinter den Trennwänden sogar Applaus zu hören war.

Bei der Schlachtszene gaben die Darsteller alles.

Mittlerweile klafften die Schlitze in den Wandschirmen fast überall weit auf, und Seikei hörte, wie jeder blutige Tod von Entzückensausrufen begleitet wurde. Kazuo war bestimmt stolz, als die Zuschauer beim Anblick seines über die Bühne kullernden abgetrennten Kopfes nach Luft rangen.

Als Tomomi das Kreuz mit dem roten Edelstein in die Höhe reckte, hielt Seikei die Luft an. Fürst Hakuseki würde das Kruzifix sicher wiedererkennen. Als die Bambusstreifen hinter ihm klapperten, konnte er nicht umhin, zum Wandschirm von Fürst Hakuseki zu sehen. Die Hand war verschwunden, die Schlitze waren fest geschlossen.

Aber natürlich! Jetzt wurde ihm alles klar. Tomomi musste alles genau so geplant haben. In Anwesenheit des Shoguns konnte der Fürst das Stück unmöglich abbrechen und damit zugeben, dass eine Kabuki-Truppe, welche er selbst in sein Yashiki geladen hatte, ihn durch ihre Aufführung verhöhnte. Er musste seinen Ärger unterdrücken, denn einem Daimyo war es verboten, in Anwesenheit des Shoguns sein Schwert zu ziehen. Sollte Fürst Hakuseki es dennoch tun, würde ihm dieselbe Strafe drohen wie dem Anführer der siebenundvierzig Ronin: Er wäre gezwungen, sich selbst zu töten.

Je weiter sich das Stück seinem Höhepunkt näherte, desto besser verstand Seikei, wie bedeutungsvoll die Worte waren, die er am Ende sprechen sollte. Während Fürst Shakuhekis Samurai an die Tür hämmerten, griff Tomomi nach Seikei und schob ihn zur Seite.

Seikei sah dem Schauspieler in die Augen und spürte, wie er selbst in die Vergangenheit hinabgezogen wurde. Er wurde zu Genji, zu Tomomis echtem Ich. Er spürte die Trauer und den Zorn, die Tomomi dazu getrieben hatten, Fürst Hakuseki jahrelang zu verfolgen – bis zu diesem Abend, an dem er seine Ehre wieder herstellen würde.

Als seine Mutter ihm das Schwert seines Vaters in die Hand drückte, fühlte Genji, wie dessen Kraft in seinen Arm floss. Diese Kraft würde ihn tragen, würde ihm helfen, den Schmerz über den Verlust der Mutter zu ertragen, denn er wusste, dass sie nun Seppuku würde begehen müssen.

Und als sie sich schließlich mit einem leisen Schrei die Klinge in den Leib stieß, bohrten sich ihre Augen in Genjis und sie sagte, er dürfe niemals, niemals sein Versprechen vergessen.

Als nun Fürst Shakuheki auf der Bühne erschien, brauchte Seikei keinen weiteren Anstoß, um sich voller Rachedurst auf den Eindringling zu stürzen. Er musste sich sehr zügeln, um die Szene wie von Tomomi geplant fertig zu spielen. Mutig steckte er den Hieb über der Wange ein und presste die Hand mit dem versteckten Farbbeutel gegen sein Gesicht.

Als ihm das falsche Blut über die Wange rann, bemerkte er auf einmal, dass die Musik zu Ende und der ganze Raum verstummt war. Alle warteten auf die Worte, die er zu sagen hatte, und diesmal kamen sie geradewegs aus Genjis Herzen, einem Herzen, das Seikei nun allzu gut verstehen konnte.

Er hörte die Worte, als sei es ein anderer, der sie sprach: »Ich schwöre, ich werde Euch um Eure Ehre bringen.« Damit stürzte er aus dem Fenster und die Laternen auf der Bühne erloschen.

Sofort setzten hinter den Wandschirmen gedämpfte Unterhaltungen ein. Verwirrung lag in der Luft. Genau wie die Darsteller bei der Probe fragten sich nun auch die Zuschauer, ob dies bereits das Ende der Aufführung gewesen war.

Doch dann begann die Musik wieder zu spielen und zeigte damit an, dass noch etwas folgen würde. Die Stimmen verebbten langsam. Seikei spürte in der Dunkelheit, wie sich jemand neben ihn schob – Tomomi. »Das werde ich brauchen«, sagte er und nahm ihm das Schwert aus der Hand.

Verdutzt wollte Seikei ihn aufhalten, doch Tomomi war schon verschwunden. Seikei blieb nichts anderes übrig, als sich zu den Schauspielern hinter die Bühne zu gesellen und darauf zu warten, welche Geheimnisse die Schlussszene offenbaren würde.

Ein tragisches Ende

Eine einzelne Lampe, hoch über der Bühne an einem Pfosten angebracht, beleuchtete Fürst Shakuheki, der auf einer Matte schlief – neben ihm seine zwei Schwerter und ein kleines schwarzes Kästchen, das mit roten Blättern verziert war. Seikei sah zu seinem Entsetzen, dass es ein Duplikat der Schatulle war, aus dem der echte Edelstein gestohlen worden war.

Die Musiker spielten ein schauriges Lied, das Bilder von nachts herumwandernden Geistern heraufbeschwor. In Erinnerung an das Bon-Fest ließ Seikei den Blick durch den dunklen Raum wandern. Fast hätte er aufgeschrien, als er den nahenden Geist erblickte.

Streifen weißer Seide flatterten hinter der Gestalt her. Langsam schob sie sich in den Lichtkegel der Lampe, das weiße Gesicht schimmernd, die schwarzen, vor Leidenschaft glühenden Augen auf die Wandschirme gerichtet. Diesmal sah Seikei in den Haarnadeln nicht irrtümlich Hörner. Der Geist aus der Tokaido-Herberge war zurückgekommen, um sein Verbrechen zu wiederholen.

Mit der Stimme seiner Mutter beschuldigte Tomomi Fürst Shakuheki des Verrats und des unehrenhaften Verhaltens. Eine Beleidigung nach der anderen schleuderte er auf die schlafende Gestalt herab.

»Trotz Eures Reichtums und Eurer Macht, und obwohl Ihr von den Ländereien profitiert habt, die Ihr meiner Familie gestohlen habt, giert Ihr immer noch nach mehr. Denn etwas fehlt Euch nach wie vor, nicht wahr?« Sie lachte ihn so grausam aus, dass Seikei sich wunderte, wie der echte Fürst dem Schauspiel noch zusehen konnte.

»Wonach Ihr strebt, ist Respekt«, sagte der Geist, wobei er das letzte Wort verächtlich ausspuckte. »Der Respekt, der wirklich großen Samurai zusteht. Aber am Hof des Shoguns werdet Ihr nur geduldet, bekommt keinen Ehrenplatz zugewiesen. Der Shogun nämlich durchschaut Euch, wie jeder, der in Eure Nähe kommt. Er durchschaut Euch als einen Mann ohne Ehre.«

Seikei wäre am liebsten aufgesprungen und hätte Tomomi zugerufen, er solle aufhören. Tomomi ging einfach zu weit.

Doch die Stimme fuhr unbeirrt fort: »Nun also wollt Ihr ihm ein Geschenk darbringen. Einen Schatz, den er Eurer Meinung nach ehrfürchtig empfangen wird. Und als ehrloser Mann, der Ihr seid, habt Ihr als Geschenk das ausgesucht, was Ihr gestohlen habt.«

Nanaho bückte sich und öffnete die Lackschatulle. Dann hob sie den Rubin heraus und hielt ihn so hoch, dass er im Licht der Laterne blutrot funkelte. »Dies ist Euer Geschenk«, sagte sie. »Doch ich beanspruche es als mein Eigentum und nur ich werde diejenige sein, die es dem Shogun schenkt.«

In der Dunkelheit krachte es plötzlich ohrenbetäubend. Fürst Hakuseki konnte die Schande nicht mehr ertragen. Seikei sah, wie er durch den Bambusschirm brach und die Holzsplitter abschüttelte, die an seiner Kleidung hängen geblieben waren. »Dieb!«, schrie er. »Ich weiß, wer du bist! Ich hätte dich töten sollen!«

Der Darsteller, der Fürst Shakuheki spielte, riss entsetzt die Augen auf und brachte sich hastig in Sicherheit. Tomomi hingegen blieb an seinem Platz in der Mitte der Bühne. Ein Lächeln machte sich auf seinem Gesicht breit. »Was sehe ich da?«, rief er. »Ist es ein Geist? Ein Traum? Nein, es ist die ehrlose Kreatur höchstpersönlich!«

Hinter den anderen Wandschirmen fingen einige der unsichtbaren Zuschauer zu schreien an. Einige dachten wohl, dies alles sei Teil des Stückes, doch andere schienen zu begreifen, dass sich hier etwas Grauenhaftes abspielte.

»Das wollt Ihr haben?« Tomomi hielt dem Daimyo den Edelstein verführerisch entgegen. »Dann nehmt ihn Euch doch – Dieb! Denn ich bin es wirklich, Genji, der Sohn von Takezaki Kita, dem Ihr diesen Stein gestohlen habt.«

So herausgefordert, verlor Fürst Hakuseki jetzt den Kopf. Er zog das Schwert und stürzte sich wutentbrannt auf Tomomi. Schreie hallten durch den Raum, doch Seikeis Blick haftete auf der Szene, die sich unter der Laterne abspielte. Fürst Hakuseki zerschnitt Tomomis weißen Seidenkimono in Streifen, blieb dann aber mit einem dümmlichen Gesichtsausdruck stehen. Die Fetzen von Tomomis Gewand flatterten um ihn herum zu Boden. Der Kimono war leer.

Tomomi war mit einer einzigen geschmeidigen Bewegung herausgeschlüpft und hatte sich in den Schatten geflüchtet. Fürst Hakuseki sah sich noch verdattert um, da tauchte Tomomi plötzlich wieder auf. Er hatte unter dem Kimono das Kostüm des Samurai Oishi getragen, des Anführers der siebenundvierzig Ronin. Die zwei traditionellen Schwerter steckten in seinem Gürtel und Seikei erkannte eines an den silbernen Kreuzen auf dem Griff.

Langsam, fast ehrfürchtig zog Tomomi die funkelnde Stahlklinge aus ihrer Scheide. »Das Schwert ist echt!«, hörte Seikei Kazuo irgendwo aus einer Ecke aufgeregt schreien, doch das hatte ohnehin jeder längst begriffen – selbst Fürst Hakuseki, der nun unsicher einen Schritt zurückwich.

Tomomi schob sich auf ihn zu, einen Fuß bedächtig vor den anderen setzend, und schwenkte das Schwert dabei vor und zurück. Mit einem Geräusch, als würde ein ganzes Bienenvolk ausschwärmen, zerschnitt es die Luft.

»Halt!«, rief jemand hinter den Wandschirmen. »Der Shogun ist anwesend!« Doch weder Tomomi noch Fürst Hakuseki ließen sich davon aufhalten. Ihre Blicke kreuzten sich und der Daimyo hob das Schwert. Sofort stürzte Tomomi mit seiner Waffe nach vorn und bewegte die Klinge so blitzschnell, dass es dem Auge unmöglich war zu folgen. Ein purpurroter Strich erschien auf der rechten Wange des Fürsten und Blut quoll hervor.

Fürst Hakuseki stürmte vorwärts im verzweifelten Versuch, Tomomi aufzuspießen, doch der Schauspieler tänzelte leichtfüßig aus seiner Reichweite. »Erinnert Ihr Euch?«, höhnte er. »Erinnert Ihr Euch an mich?« Ein zweites Mal duckte er sich unter den unbeholfenen Hieben des Fürsten und schlitzte nun auch dessen linke Wange auf.

Einige Wandschirme krachten zu Boden, Rufe nach den Wachen, die vor dem Raum postiert waren, wurden laut. Seikei achtete nicht darauf. Seine Angst vor dem, was ihm zustoßen könnte, war wie weggeblasen. Fasziniert sah er zu, wie Tomomis Schwert immer und immer wieder vorstieß.

Fürst Hakusekis Kleidung war nun blutgetränkt. Er konnte kaum noch das Schwert halten. Es war nicht zu übersehen, wie sehr er Tomomi unterlegen war. Der Schauspieler hätte ihn jederzeit töten können, tat es aber absichtlich nicht.

Seikei wusste warum. Getötet zu werden, hätte den Daimyo vor der Entehrung bewahrt. Der Tod im Kampf war für einen Samurai die ehrenhafteste Art zu sterben. Tomomi hingegen wollte Fürst Hakuseki so vollkommen um seine Ehre bringen, dass dieser es nicht mehr ertragen konnte zu leben.

Fünf Samurai, alle mit dem Wappen des Shoguns auf dem Stirnband, umzingelten jetzt Tomomi. Er warf ihnen einen kurzen Blick zu, dann kniete er nieder. Er legte sein Schwert auf den Boden, öffnete den Kimono und schälte seinen Nacken frei. Einer der Samurai sah sich im Raum um. Die Wandschirme waren mittlerweile sämtlich umgestoßen worden und nur noch eine Person saß auf den Kissen. Dieser Mann nickte ruhig und gab mit einer Handbewegung seine Einwilligung.

Der Samurai des Shoguns zog sein Schwert und ließ es auf Tomomis Nacken herabsausen. Sofort fiel der abgetrennte Kopf des Schauspielers zu Boden und eine Blutfontäne schoss aus seinem Rumpf hervor. Seine Faust öffnete sich und der kostbare Rubin kullerte in die purpurrote Blutlache.

Langsam rollte Tomomis Kopf über den Boden. Die Augen waren offen, und Seikei sah das triumphierende Lächeln, das Tomomis Gesicht noch im Tode zierte.

Jemand schob sich zwischen Seikei und den entsetzlichen Anblick. Von dem, was er mit angesehen hatte, wie betäubt, erkannte Seikei den Mann nur mit Mühe.

Richter Ooka bückte sich und schloss Tomomis Augen. Dann richtete er sich wieder auf und kam auf Seikei zu. »Jetzt hast du einen Samurai sterben sehen«, sagte er. »War es so, wie du es dir vorgestellt hattest?«

Die Tee-Zeremonie

»Aufstehen! Du bist hier nicht bei dir zu Hause, Händlerssohn. Hier kannst du nicht den ganzen Tag vertrödeln!«

Es war Bunzos Stimme. Seikei öffnete die flatternden Lider. Er war froh, dass Bunzo ihn geweckt hatte. Er hatte nämlich geträumt, er renne im Dunkeln durch Edos Straßen, auf der Flucht vor einem blutigen Kopf, der dicht über der Erde schwebte.

Erleichtert erkannte er, dass er sich in einem ganz normalen Zimmer befand. Sonnenlicht sickerte hell durch ein Papierfenster herein. Tageslicht bedeutete, dass er in Sicherheit war, und dass Tomomis Geist …

»Ist das Bon-Fest zu Ende?«, fragte er.

»Natürlich.«

»Dann sind die Geister weg?«

»Hör mit diesem Gerede über Geister auf«, sagte Bunzo. »Die ganze Nacht hast du mich mit deinen Albträumen wach gehalten. Steh endlich auf und wasch dich. Wenn du zu spät kommst, wird der Richter mich dafür verantwortlich machen.«

Seikei erinnerte sich nur noch verschwommen daran, dass Richter Ooka ihn aus Fürst Hakusekis Yashiki in sein Haus gebracht hatte. Er konnte sich nicht mal mehr daran entsinnen, eingeschlafen zu sein.

»Zu spät wofür?«

»Für das Cha-no-yu, die Tee-Zeremonie. Warst du schon mal bei einer?«

Bunzos sarkastischer Ton deutete an, dass er dies für sehr unwahrscheinlich hielt. Und so bereitete es Seikei große Genugtuung, sagen zu können: »Ja, war ich. Mein Vater ist Teehändler. Ich musste die Rituale der Tee-Zeremonie erlernen, damit ich dabei sein konnte, wenn er Geschäftspartner empfing.«

»Hmpf!«, schnaubte Bunzo. »Die Tee-Zeremonie eines Teehändlers! Würde ich ja zu gern mal erleben.«

»Hält der Richter denn eine Zeremonie ab?«, erkundigte sich Seikei.

»Nein, aber er wird dabei sein. Beeil dich. Fragen stellen kannst du später immer noch.«

Seikei wusch sich und schlüpfte dann in die saubere Kleidung, die Bunzo ihm besorgt hatte. Zu seiner großen Freude handelte es sich dabei um eine schlichte Jacke und ein Beinkleid, wie sie Samurai im Dienste großer Fürsten normalerweise trugen. Doch als er sein Schwert in den Gürtel stecken wollte, hielt Bunzo ihn zurück. »Keine Schwerter bei Tee-Zeremonien.«

Seikei lief rot an.

Natürlich, er hätte daran denken müssen. Wenn Samurai und Daimyo zu einer Tee-Zeremonie zusammenkamen, ließen sie alle Dinge zurück, die ihren Rang anzeigten. Denn die Zeremonie war als Anlass gedacht, bei dem alle Beteiligten gleichrangig waren.

Vor dem Haus warteten zwei gesattelte Pferde, und Seikei erkannte in dem einen die alte Stute, die er in Begleitung des Richters auf dem Weg nach Ise geritten hatte. »Da hast du es ja geschafft, im Sattel zu bleiben«, sagte Bunzo. »Also versuch es heute wieder. Wir müssen nicht weit reiten.«

Die Straßen wimmelten von Leuten, die in alle Richtungen hasteten. Die Geschäfte waren geöffnet, und Seikei verstand nun, warum sein Vater davon gesprochen hatte, einen Laden in Edo aufzumachen. Hier gab es unzählige Kunden, und es hieß, bei den Leuten, die in der Hauptstadt des Shoguns wohnten, säße das Geld locker in der Tasche – sie seien mehr als anderswo bereit, sich die Waren etwas kosten zu lassen.

Bunzo ritt voraus, und bald ließen sie die Geschäftswelt der Stadt hinter sich und erreichten das Viertel, in dem die großen Daimyo residierten. Einige Yashiki waren sogar noch größer als das von Fürst Hakuseki. Seikei war beeindruckt, dennoch wanderten seine Gedanken immer wieder zu den Ereignissen der letzten Nacht zurück.

»Wart Ihr gestern Abend auch in Fürst Hakusekis Yashiki?«, fragte er Bunzo.

Der Samurai schüttelte den Kopf. »Darüber wirst du vom Richter alles erfahren. Sofern er es dir erzählen will«, erwiderte er.

Sie bogen um eine Ecke und gingen auf eine riesige Mauer zu, die sich die ganze Straße entlangschlängelte. Seikei rang nach Luft. Dieses Yashiki war so gigantisch, dass es jedes andere Anwesen der Stadt weit in den Schatten stellte. Konnte es wahr sein?

»Ist das der Palast des Shoguns?«, fragte er.

Bunzo nickte. »Ja, und genau da sollst du hin.«

Seikei erschrak. »Kommt Ihr denn nicht mit?«

Bunzo schenkte ihm ein kleines Lächeln. Es war das erste Mal, dass er Seikei so etwas wie Anteilnahme entgegenbrachte. »Es ist eine große Ehre, eingeladen zu sein. Ich war schon einmal da, aber diesmal lautet mein Befehl nur, dich den Wachen dort zu übergeben.«

Vor dem Eingangstor stieg Bunzo vom Pferd und Seikei tat es ihm nach. Bunzo wechselte ein paar Worte mit dem Samurai, der den Eingang bewachte, dann wandte er sich zu Seikei um. »Du wirst von hier weiterbegleitet. Denk daran – bei einer Tee-Zeremonie musst du dich so benehmen, wie es von Gästen erwartet wird. Gleichgültig, wer sonst noch anwesend ist.« Er musterte Seikei eindringlich. »Wer auch immer unter den Anwesenden ist. Hast du mich verstanden?«

»Ja.«

»Beobachte den Richter, und wenn du unsicher bist, tu einfach das, was er tut.«

Seikei war verwirrt. Offenbar sollte er nicht bestraft werden, doch die Tatsache, dass er gleich den Palast des Shoguns betreten durfte, erfüllte ihn mit Angst und Ehrfurcht. *Wenn bloß Vater mich jetzt sehen könnte.*

Aber Seikei bekam kaum Gelegenheit, weiter darüber nachzudenken, denn schon bedeuteten ihm die Wachen, die Brücke über dem Wassergraben zu überqueren und ihnen zu folgen. Innerhalb der Mauern führten steingepflasterte Wege in alle Richtungen, und Seikei sah Dutzende Regierungsbeamte, die aus einem der vielen Gebäude zu einem anderen hasteten.

Die Wachleute führten ihn ins Zentrum des riesigen Anwesens, und Seikei blickte eingeschüchtert zu der mächtigen Festung hoch, in der der Shogun wohnte. Aber dies war nicht der Ort, zu dem er sollte. Einer der Wege wand sich durch eine hohe Eibenhecke, hinter der ein Steingarten lag – ähnlich dem, den Seikei bei Richter Ooka gesehen hatte. Die Wachen führten ihn um den Garten herum auf eine kleine, strohgedeckte Hütte zu.

Als sie näher kamen, sah Seikei, dass die Hütte aus sehr alten Holzbalken gebaut war. Wurmlöcher und Risse durchzogen die Balken, und die Spalten dazwischen waren mit bröckelndem, trockenem Lehm gefüllt. Auf der Vorderseite hatte die Hütte zwei kleine Fenster, doch beide waren mit Wachspapier bedeckt, sodass man weder heraus- noch hineinsehen konnte.

Die Tür bestand aus einer kleinen, gerade mal hüfthohen Öffnung. Einer der Wachmänner deutete darauf und Seikei zog hastig seine Sandalen aus und stellte sie neben die beiden anderen Paare am Eingang. Er sah fragend zu den Wachen hinüber. Sie zeigten ihm an, allein hineinzugehen.

Er bückte sich tief und kroch, wie es die Tradition verlangte, auf Händen und Knien in die Hütte. Dieser Teil der Tee-Zeremonie war dazu gedacht, alle Eintretenden zur Demut zu zwingen. Selbst der Sohn eines Teehändlers war nun allen anderen Anwesenden ebenbürtig.

Zwei Männer knieten im Inneren der Hütte auf dem blanken Holzfußboden und ruhten auf ihren Fersen. Der eine war Richter Ooka, der andere ... Seikei erkannte ihn wieder, er hatte ihn am Abend zuvor schon einmal gesehen. Zwar trug der Mann nun einen schlichten Kimono ohne jede Zier, doch er war es gewesen, der das Zeichen für Tomomis Enthauptung gegeben hatte.

Ich bin im selben Raum wie der Shogun!, dämmerte es Seikei und er war erleichtert, als Richter Ooka ihm ermutigend zulächelte. Seikei setzte sich und senkte scheu den Blick. In einer kleinen Vertiefung in der Mitte der Hütte glühten ein paar heiße Kohlen. Um den Rauch zu versüßen, hatte man einen Weihrauchstab und Kiefernnadeln mit in die Kuhle gesteckt. Ein Teekessel stand auf einem kleinen Rost über der Glut.

»Dies ist der junge Mann, der sich als so hilfreich erwiesen hat«, durchbrach Richter Ooka die angespannte Stille.

»Sei willkommen«, erwiderte der Shogun. »Das Wasser kocht gleich. Ich hoffe, du findest Gefallen an der Zeremonie.«

Es wäre unhöflich gewesen, nicht zu antworten, und Seikei zwang sich, den Blick zu heben. »Ich bin sicher, es wird ein sehr angenehmes Ereignis sein«, erinnerte er sich an einen der traditionellen Sätze für diesen Anlass.

Der Shogun lächelte. Er war ein stämmiger, ungefähr vierzigjähriger Mann und damit in etwa so alt wie Seikeis Vater. Er besaß ein weiches Gesicht und ein Doppelkinn, und wenn er lächelte, breiteten sich unter seinen Augen winzige Falten aus. Seikei fand, dass er genauso aussah wie die Händler aus Osaka, die mit seinem Vater befreundet waren. Doch Seikei würde sich natürlich hüten, solch einen Gedanken laut auszusprechen.

Alle für die Tee-Zeremonie benötigten Utensilien lagen fein säuberlich neben dem Shogun aufgereiht. Er nahm die Schale in die Hand, in der der Tee aufgebrüht werden würde. Auf den ersten Blick sah sie aus wie eine schlichte Schale aus glasiertem Ton, doch Seikei sah, dass die Glasur dazu diente, die Schale wie einen Naturgegenstand erscheinen zu lassen – wie etwas, was ein Eremit im Wald gefunden haben könnte. Der Shogun schüttete etwas heißes Wasser hinein, wirbelte es herum und kippte es dann wieder aus.

Nun öffnete er eine glänzende Lackschachtel und der Duft von Tee strömte heraus. Mit einer Bambuskelle schöpfte er etwas von dem dunkelgrünen Pulver in die gereinigte Schale. Das Wasser im Kessel brodelte mittlerweile. Der Shogun goss etwas davon in die

Schale und rührte mit einem kleinen Rührbesen um. Das Teepulver löste sich auf und verwandelte das Wasser in eine dicke, suppige Flüssigkeit. Als das Gebräu genug gezogen hatte, reichte der Shogun dem Richter die Schale. Der verneigte seinen Kopf zum Dank, nippte dreimal daran und beglückwünschte den Shogun zu dem köstlichen Geschmack.

Der Richter wischte nun mit einem Tuch über den Rand der Schale und reichte sie dann Seikei. Der Junge nahm sie mit beiden Händen entgegen und hob sie an die Lippen. Der Tee schmeckte weich und vollmundig nach vielerlei Aromen. Dass Seikei einen zweiten und dann dritten Schluck nahm, war also nicht nur reine Höflichkeit.

»Ein wirklich seltener Tee!«, rief er aus. »Muss von den westlichen Hängen des Fuji stammen, irgendwo in der Nähe von Shizuoka.« Dann besann er sich und reichte dem Shogun die Schale zurück. »Danke, dass Ihr mir Gelegenheit gebt, einen solch herausragenden Tee mit Euch zu teilen«, sagte er.

Beide Männer blickten ihn interessiert an. »Es freut mich, dass er dir schmeckt«, sagte der Shogun. Nach einer Pause fuhr er fort: »Darf ich erfahren, woher du von der Herkunft des Tees weißt?«

Seikei lief rot an. »Ich habe ihn schon einmal getrunken«, antwortete er. »Mein Vater hat viele verschiedene Teesorten … in seinem Geschäft.«

Der Shogun riss die Augen auf, dann verzog er das Gesicht zu einem breiten Lächeln und wandte sich

Richter Ooka zu. »Ihr überrascht mich immer wieder, alter Freund.«

»Dieser junge Mann verfügt über viele Begabungen. Ich kann ihn nur wärmstens empfehlen.«

Der Shogun blickte Seikei an, der versuchte, sich nicht anmerken zu lassen, wie stolz ihn die Worte des Richters machten. »Wie du weißt«, sagte der Shogun, »soll eine Tee-Zeremonie den Teilnehmern Entspannung von den Sorgen des Alltags verschaffen. Normalerweise unterhalten sich die Gäste dabei über den Tee, die Künste oder die Schönheit der Natur.«

Seikei nickte. Ja, das waren die Themen, über die die Gäste seines Vaters bei solchen Anlässen sprachen. Bisher hatte er jedes Mal, wenn er dabei gewesen war, Mühe gehabt, sich nicht anmerken zu lassen, wie sehr er sich langweilte.

»Allerdings«, fuhr der Shogun fort, »bereitet es mir immer wieder große Freude zu hören, wenn mein Freund Richter Ooka ein Verbrechen gelöst hat. In diesem Fall bin ich besonders begierig darauf, zu erfahren, wie es ihm gelungen ist, den Verbrecher dazu zu bewegen, sein Vergehen vor mir zu gestehen und dann um seine Hinrichtung zu bitten.« Er warf dem Richter einen strengen Blick zu. Richter Ooka senkte den Kopf, um ein Lächeln zu verbergen.

Dann wandte sich der Shogun wieder Seikei zu. »Da du in diesem Fall eine wichtige Rolle gespielt hast, dachte mein Freund, du würdest die Geschichte ebenfalls gern hören. Doch wenn du natürlich über einen solch verstörenden Vorfall nichts erfahren möchtest, wäre es unhöflich, ihn in deiner Anwesenheit zu besprechen.«

Seikei riss erstaunt den Mund auf. »Aber nein. Ich meine ... ich würde die Geschichte natürlich sehr gern hören.«

Der Shogun nickte und reichte Seikei ein Tablett mit süßen kleinen Kuchen aus Reis und Bohnen. Seikei nahm sich einen und hielt das Tablett dem Richter hin. »Nein, nein«, lehnte dieser ab, »bestimmt kannst du mehr als ein Stück vertragen. Behalte das Tablett bei dir, ich bin schon dick genug.« Aber dann griff er doch zu. »Na gut, eins vielleicht. Ich will ja nicht unhöflich erscheinen.«

Seikei biss in seinen süßen Kuchen und vergaß anschließend nicht, ihn für seinen köstlichen Geschmack zu loben. Als er zu dem Richter hinübersah, war dessen Kuchen längst aufgegessen. Der Shogun bot ihm ein zweites Stück an, doch Richter Ooka schüttelte entschlossen den Kopf. »Es ist an der Zeit, den Pfad zu beleuchten, dem wir gefolgt sind.«

Wohin der Pfad führt

»In der Tat«, begann der Richter, »war es Seikeis Wachsamkeit, die mir alle benötigten Informationen lieferte. Mir war von Anfang an klar, dass der Papiermacher und seine Tochter, in deren Zimmer der gestohlene Rubin gefunden wurde, unmöglich die Schuldigen sein konnten. Sonst hätten sie längst versucht, noch vor dem Morgengrauen zu fliehen, wohl wissend, dass ihr Zimmer durchsucht werden würde.«

Richter Ooka sah Seikei an. »Du hast dich getraut zuzugeben, dass du in der Nacht einen Geist gesehen hattest. Das war so ungewöhnlich, dass ich sofort nachhaken musste. Natürlich wäre es auch möglich gewesen, dass der Diebstahl von einem Geist begangen wurde, aber der Fall, in dem dies die Lösung gewesen wäre, ist mir bisher noch nicht untergekommen.« Er zuckte mit den Schultern. »Das Leben hält zwar immer wieder Überraschungen bereit, aber ein Geist hätte es zum Beispiel nicht nötig gehabt, durch einen unterirdischen Gang zu fliehen. Deswegen habe ich dich in den Tunnel geschickt.«

»Aber Ihr wart schon am anderen Ende, als ich herauskam«, sagte Seikei.

»Ja. Ich hatte davon gehört, dass eine Kabuki-Truppe am Abend in der Nähe aufgetreten war. Ich dachte, die Gestalt, die du auf dem Flur der Herberge gesehen hattest, könnte vielleicht ein Darsteller gewesen sein, im Kostüm. Während du dich durch den Tunnel kämpftest, bin ich also zu dem Tempel gegangen, auf dessen Grund das Stück aufgeführt worden war. Natürlich hättest du auch woanders rauskommen können. Das hätte mir dann gezeigt, dass ich Unrecht hatte.«

»Aber Ihr hattet Recht«, sagte Seikei. »Es war Tomomi, als Frau verkleidet.«

»Wäre einer von Fürst Hakusekis Wachleuten so aufmerksam gewesen wie du, hätte sich Tomomi problemlos als Geisha ausgeben können, die den Daimyo aufsuchen will.« Der Richter hielt inne und nippte an dem Tee.

»Ich wusste nun, wie das Verbrechen begangen worden war«, fuhr er dann fort. »Aber die Entdeckung des unterirdischen Gangs machte den Gastwirt ebenfalls verdächtig. Die Kabuki-Schauspieler konnten den Tunnel ja nicht selbst gegraben haben. So etwas kostet viel Zeit und Arbeit, und dem Gastwirt wäre sicher aufgefallen, wenn unter seiner Herberge ein derartiges Tun stattgefunden hätte. Also ließ ich ihn festnehmen.«

Seikei erinnerte sich an die Nacht während des Bon-Festes, in der er sich vor dem Geist des Gastwirtes gefürchtet hatte. »Aber er hat sich unter der Folter umgebracht.«

»Folter?« Der Richter schüttelte den Kopf. »Nein, ich wende keine Foltermethoden an. Darüber haben der Shogun und ich uns schon einmal ausführlich unterhalten.«

»Und wir waren unterschiedlicher Meinung«, grummelte der Shogun.

»Ich bin der Überzeugung, dass Folter beim Aufdecken von Verbrechen nutzlos ist«, erklärte Richter Ooka. »Die meisten Menschen würden alles gestehen, wenn sie nur lang genug gefoltert werden – ob sie nun wirklich schuldig sind oder nicht. Meine Helfer tun daher nichts anderes, als den Verdächtigen die Folterinstrumente zu zeigen. In diesem Fall wurde der Gastwirt mit ihnen allein zurückgelassen und er hat mit einem Schwert Seppuku begangen. Dies hat mir gezeigt, dass es sich hier um ein ganz außergewöhnliches Verbrechen handelte. Ich wusste nun alles, was ich wissen musste.«

»Ihr habt mir damals gesagt, das hieße, dass der Mann ein Samurai war«, erinnerte sich Seikei.

Der Richter nickte. »Und zwar ein Samurai, der bereit war, sein Leben zu opfern, um den Mann zu schützen, dem er diente. Dass ein Samurai als Herbergswirt arbeitete, war schon mehr als ungewöhnlich. Dass er sich selbst tötete, um einen Kabuki-Schauspieler zu decken, war gänzlich undenkbar – außer, der Schauspieler war sein Herr.«

Die Hand des Richters zuckte in Richtung des Tellers mit den süßen Kuchen, und Seikei schob ihm das Tablett so hin, dass er sie bequem erreichen konnte. Mittlerweile war die zweite Schale mit Tee fertig – diesmal war es ein süßerer, leichterer Tee als beim ersten Mal. Der Richter nahm dankbar einen Schluck und reichte die Schale an Seikei weiter.

»Also sind du und ich der Spur des Diebes gefolgt«, sagte er. »Es schien mir unwahrscheinlich, dass er seine Tarnung aufgeben würde, und ich ging davon aus, dass er versuchen würde, in Ise in der Menschenmenge unterzutauchen. Als ich erfuhr, dass eine Kabuki-Truppe *Die siebenundvierzig Ronin* aufführen würde, war mein Misstrauen geweckt.« Er sah zu Seikei hin. »Bestimmt sind dir die Parallelen zwischen dem Stück und unserem Fall schon aufgefallen.«

Seikei nickte. »Um den Tod ihres Herrn zu rächen, schlüpften die Ronin alle in fremde Rollen, sodass die Leute dachten, sie hätten ihre Ehre aufgegeben. Tomomi hat das Gleiche gemacht. Aber in Wirklichkeit schmiedete er die ganze Zeit Pläne …«

»Ja, Rachepläne«, bestätigte der Richter. »Die erst viel später in die Tat umgesetzt wurden. Als ich Tomomi auf der Bühne sah, erkannte ich in ihm einen gerissenen Mann, der sehr darauf achten würde, ob er verfolgt wurde. Ich bin als Verfolger zu alt und zu dick, und so habe ich dich auf seine Spur angesetzt.«

Seikei wollte den Richter fragen, warum er seine Absicht nicht etwas deutlicher hatte ausdrücken können. Doch Richter Ooka lächelte, als habe er Seikeis Gedanken gelesen. »Ich dachte, du gehst bestimmt einfallsreicher vor, wenn du auf dich allein gestellt bist. Außerdem darfst du nicht vergessen, dass Bunzo dir auf Schritt und Tritt gefolgt ist, um dich vor Schaden zu bewahren. Er hatte mich von deiner Begegnung mit Tomomi im Teehaus schon in Kenntnis gesetzt.«

Seikei schämte sich. Also wusste der Richter, wie Tomomi ihm problemlos das Schwert abgenommen hatte. »Am Morgen danach hat Tomomi den Edelstein im Schrein geopfert und mich beauftragt, Euch davon zu erzählen.«

»Er hoffte wohl, ich würde meine Bemühungen darauf konzentrieren, den Stein wiederzubekommen. Aber wie du weißt, war der geopferte Rubin auch nur eine Fälschung. Den echten Stein hat Tomomi behalten, weil er vorhatte, ihn dem Shogun persönlich zu übergeben.«

Richter Ooka blickte den Shogun an. »Wie Ihr seht, war es nicht etwa meiner Schlauheit zu verdanken, dass Ihr das Ende des Dramas mit angesehen habt. Das war von Anfang an Tomomis Absicht gewesen – oder sollten wir ihn lieber bei seinem richtigen Namen nennen? Takezaki Genji. So hat er sich selbst genannt, als Seikei ihn herausforderte.«

»Du hast ihn herausgefordert?«, fragte der Shogun überrascht.

»Er hatte nur ein Spielschwert«, gestand Seikei. »Und ich habe den Kampf verloren.«

»Aber du hast ihm die Information entlockt, die es mir ermöglichte, seine Beweggründe zu verstehen«, sagte der Richter. »Ich wusste, dass die Takezakis Kirishitan gewesen waren und dass ihr Nachbar, Fürst Hakuseki, sie ermordet und sich ihre Ländereien angeeignet hatte. Fürst Hakuseki hatte gemeldet, alle Mitglieder der Familie Takezaki seien tot, doch wie man sieht, hatte er gelogen.«

»Ein ehrloser Mann«, knurrte der Shogun. »Er hatte nicht einmal genug Schneid, richtig Seppuku zu begehen. Einer meiner Samurai musste ihm dabei helfen.«

Ein Schauer lief Seikei über den Rücken. Ja, das war Tomomis Plan gewesen – er hatte Fürst Hakuseki gezwungen, in Anwesenheit des Shoguns das Schwert zu ziehen, und hatte ihn damit zum Tode verurteilt. »Was ist mit den anderen Schauspielern geschehen?«, fragte er laut und wunderte sich selbst über seine Kühnheit.

Der Shogun starrte ihn an. »Sie sind im Gefängnis. Soll ich sie hinrichten lassen?«

»Nein, nein«, wehrte Seikei hastig ab. »Sie hatten keine Ahnung von dem, was Tomomi plante.«

»Hm. Bist du ganz sicher?«

»Ja. Erinnert Ihr Euch, als Tomomi im Stück das Schwert seines Vaters zückte? Einer der anderen Darsteller, ein Junge namens Kazuo, hat Fürst Hakuseki doch gewarnt, dass es ein echtes Schwert sei.«

»Nein, ich erinnere mich nicht mehr. Das Ganze war ein einziges Durcheinander«, sagte der Shogun. »Du denkst, sie sollten nicht hingerichtet werden?«

»Auf keinen Fall.«

Der Shogun zuckte mit den Schultern. »Nun, wenn du es willst, dann lasse ich sie wieder frei.« Er wandte sich Richter Ooka zu. »Aber Ihr habt gewusst, was Tomomi vorhatte. Warum habt Ihr mich nicht vorgewarnt?«

»Er hätte seine Schuld niemals so freimütig eingestanden, wenn Ihr nicht anwesend gewesen wärt. Ich musste ihm erlauben, seinen Weg wie geplant zu Ende zu gehen. Mein Samurai Bunzo folgte Seikei die ganze Zeit, das war die einzige Möglichkeit, über jeden Schritt Tomomis informiert zu werden. Vor zwei Nächten hat Bunzo dann beobachtet, wie Tomomi, wieder mal als Frau verkleidet, zu Fürst Hakusekis Yashiki ging.«

»Bunzo ist mir gefolgt?«, rief Seikei.

»Aber selbstverständlich. Er konnte doch nicht zulassen, dass dir etwas zustößt.«

Seikei dachte daran zurück, wie Tomomi ihn in jener Nacht in der Nähe von Fürst Hakusekis Yashiki beinahe erstickt hätte. Aber er schluckte den Drang, dem Richter dies vorzuhalten, schnell hinunter.

»Offenbar hat sich Tomomi dort mit dem Daimyo getroffen und ihn davon überzeugt, dass eine Kabuki-Aufführung dem Shogun gefallen würde – was genau das war, was Fürst Hakuseki wünschte.«

»Ihr hättet mir unbedingt davon erzählen sollen, dann hätten wir uns das alles sparen können«, beharrte der Shogun.

»Ja, aber dann wärt Ihr um die Erfahrung gebracht worden, einen Verbrecher auf so ungewöhnliche Weise gestehen zu sehen.«

»Hm. Ja, das reicht, Ihr müsst diesen Teil nicht wiederholen.«

»Habt Ihr die Vorstellung denn genossen?«, fragte der Richter.

»Aber ja, es war aufregend.« Der Shogun lachte. »Habt Ihr gesehen, wie meine Regierungsbeamten wie aufgescheuchte Hühner herumgehuscht sind, um dem Kampf zu entfliehen? Ach, es gibt heutzutage nicht mehr viele echte Samurai.«

»Ich hoffe, Ihr fasst es nicht als Beleidigung auf, wenn ich sage, dass Takezaki Genji ein echter Samurai war.«

Der Shogun starrte den Richter an. »Wenn dem so ist – wieso hat er mich dann gezwungen, seine Hinrichtung anzuordnen? Wieso hat er nicht Seppuku begangen, nachdem er in meiner Gegenwart das Schwert gezogen hatte?«

»Ich bin zu dem Schluss gekommen«, erwiderte Richter Ooka, »dass es daran lag, dass er Kirishitan war. Kirishitan begehen nicht Seppuku.«

Seikei schaltete sich ein. »Aber Tomomis Mutter hat in dem Stück Seppuku begangen.«

Der Richter schmunzelte. »Guter Einwand. Aber sie war bis zu ihrer Heirat mit Fürst Takezaki keine Kirishitan gewesen. Am Ende war ihre Samurai-Ehre doch stärker als der Glaube, den sie angenommen hatte, um ihrem Mann zu gefallen. Aber ihr Sohn …« Er breitete die Hände aus.

»Daran sieht man mal wieder, wie gefährlich diese Kirishitan-Vorstellungen sind«, seufzte der Shogun. »Würde man zulassen, dass sie sich über ganz Japan ausbreiten, würden die Samurai-Traditionen über kurz oder lang völlig verfallen.«

»Ich hatte gehofft, dass Ihr dies ansprechen würdet«, sagte der Richter. »Ich muss Euch nämlich um einen Gefallen bitten.«

Der Shogun sah ihn misstrauisch an. »Ich werde die Folter nicht abschaffen. Andere Richter sind nicht so klug wie Ihr und könnten ohne Folter nicht auskommen. Wenn niemand mehr befürchten müsste, für seine Vergehen bestraft zu werden, wäre das Land im Handumdrehen voller Diebe.«

»Nein, darum geht es mir nicht«, wiegelte Richter Ooka ab. »Ich kenne jemanden, der dem Ideal des Bushido anhängt. Er hat sich als tapfer, ehrenhaft und loyal erwiesen. Ganz wie ein echter Samurai.«

»Sagt mir seinen Namen«, befahl der Shogun, »und ich ernenne ihn zum Richter. Oder noch besser: Ich berufe ihn als Beamten an meinen Gerichtshof. Solche Männer kann ich immer gut gebrauchen.«

»Es gibt da nur ein Problem«, sagte der Richter. »Er ist kein Samurai, sondern der Sohn eines Händlers.«

Der Shogun ließ den Blick zu Seikei hinüberwandern. »Hast du nicht gesagt, dein Vater handle mit Tee?«

»Unter anderem«, antwortete Seikei.

»Erzähl mir nichts davon.« Der Shogun machte eine wegwerfende Handbewegung. »Ich habe ja ohnehin schon zu vieles, worüber ich nachdenken muss.« Er sah den Richter an. »Irgendwann werdet Ihr meine Gutmütigkeit endgültig überstrapaziert haben«, brummte er. »Ich nehme an, Ihr habt Euch auch schon ausgedacht, wie das alles gehen soll?«

»Ja, und dazu muss man keine Tradition missachten«, erwiderte der Richter. »Wie Ihr wisst, kommt es oft vor, dass Familien, die keinen Sohn haben, einen Jungen adoptieren, damit ihr Name weitergeführt wird. Ich habe keinen Sohn. Wenn Ihr Eure Erlaubnis gebt und der Vater dieses Jungen einwilligt, würde ich ihn gern an Kindes statt annehmen.«

Seikei konnte nicht fassen, was er da eben zu hören bekam.

Der Shogun musterte ihn eingehend. »Würdest du das denn wollen?«, fragte er.

»Oh ja«, erwiderte Seikei. »Ich habe mir schon immer gewünscht, ein Samurai zu sein.«

»Aber was ist mit deiner eigenen Familie? Hast du ihnen gegenüber keine Verpflichtung?«

Seikei überlegte. »Mein Vater sagt immer, ich hätte keinen Sinn fürs Geschäftliche. Ich glaube, er wäre viel glücklicher, wenn Hachi, mein jüngerer Bruder, meinen Platz einnehmen würde.« Er zögerte, dachte an seine Mutter. Sie würde ihn sicherlich schmerzlich vermissen.

»Könnte ich meine Familie dann ab und zu besuchen?«, fragte er Richter Ooka.

Der Richter lächelte. »Anders würde ich es gar nicht haben wollen.« Dann wandte er sich wieder an den Shogun. »Nun, mein Freund, was sagt Ihr?«

»Hm.« Der Shogun ließ Seikei nicht aus den Augen. »Was meinst du, würde dein Vater mir vielleicht eine kleine Teelieferung als Geschenk zukommen lassen?«

Seikei nickte eifrig. Er wagte nicht zu sagen, dass es im Laden seines Vaters etliche Teesorten gab, die sogar noch besser waren als der Tee, den der Shogun aufgebrüht hatte.

»Achte darauf, dass deine Taten mir keine Schande machen«, sagte der Shogun. »Nun denn, ich bin einverstanden.«

Seikei senkte den Kopf, um seine Freudentränen zu verbergen.

»Wie ich sehe, sind noch einige Kuchenstücke übrig«, sagte der Richter. »Ich glaube, ich gönne mir noch eins.«

Nachwort der Autoren

Richter Ooka hat es wirklich gegeben. Er war ein Freund und Berater von Yoshimune, dem achten Shogun aus der Tokugawa-Reihe. Yoshimune regierte von 1717 bis 1744 und war stets darauf bedacht, die Tradition und den Geist der Samurai wieder aufleben zu lassen.

Die Geschichte der *Siebenundvierzig Ronin* ist ebenfalls wahr und sie hat viele japanische Stückeschreiber und Geschichtenerzähler inspiriert.

Es stimmt auch, dass Richter Ooka sich gegen die Folter als Mittel zum Herauspressen von Geständnissen Verdächtiger ausgesprochen hat. Die Fähigkeit des Richters, Verbrechen mithilfe seines erstaunlichen logischen Denkvermögens zu lösen, machte ihn schon zu Lebzeiten berühmt. Bis heute sind die Geschichten über Richter Ooka zahlreich und weithin bekannt. Sie haben ihm den Beinamen ›Sherlock Holmes Japans‹ eingebracht. Die vorliegende Geschichte allerdings entspringt einzig und allein der Fantasie der Autoren.

Ravensburger Bücher

Der Schüler des Samurai

Dorothy & Thomas Hoobler

Samurai Secrets
Der Rubin des Kriegers

Sie sind furchtlos, stolz und Meister der Schwertkunst – nichts wünscht sich der junge Japaner Seikei so sehr, wie zu den Samurai zu gehören. Als der Rubin des Fürsten gestohlen wird, ist seine Chance gekommen. Entschlossen folgt Seikei der Spur des Diebes ... und gerät in Lebensgefahr.

ISBN 978-3-473-**58478**-9

www.ravensburger.de

Ravensburger

Ravensburger Bücher

Seikei in Lebensgefahr

Dorothy & Thomas Hoobler

Samurai Secrets
Die Rache des Feuerdämons

Gewaltige Brände zerstören Edo, die Hauptstadt Japans. In der ausbrechenden Panik behält nur der Samurai-Lehrling Seikei einen kühlen Kopf. Er glaubt den Gerüchten um einen Feuerdämon nicht, sondern vermutet einen skrupellosen Brandstifter hinter den Anschlägen. Bei dem Versuch, ihm auf die Schliche zu kommen, riskiert er sein Leben ...

ISBN 978-3-473-**58479**-6

www.ravensburger.de

Ravensburger